R&B

Dir zu Füßen

Gedichte von Hunden

Amy Hempel & Jim Shepard

Aus dem Amerikanischen
von Clemens Meyer

ROGNER&BERNHARD

1. Auflage, November 2010

Die Originalausgabe erschien 1995 unter dem Titel *Unleashed*
bei Three Rivers Press, New York

ISBN 978-3-8077-1067-9
www.rogner-bernhard.de

Umschlag- und Innengestaltung: Philippa Walz + Andreas Opiolka, Stuttgart, Coverabbildung: pixmac/Steven Pepple
Herstellung: Leslie Driesener, Berlin
Gesetzt aus der Mrs Eaves und der Kursivschrift
Druck und Bindung: CPI – Clausen & Bosse, Leck
Printed in Germany 2010

Einführung
(mit Anmerkungen des Übersetzers)

Dieses Buch verdankt seine Entstehung, wie so viele andere literarische Abenteuer, einem versoffenen Neujahrs-Angeltrip in die Florida Keys.

Bob Shaconis, Mark Richard und Bobs Hund Frank hockten in der Silvesternacht ums Lagerfeuer, als Frank, ein Irischer Setter, plötzlich einfach so anfing, in Versen zu bellen. Das Gedicht, das dabei entstand, trug – laut Frank – den Titel »Wind« und ging so:

Laubblätter – ich dachte, es seien Vögel.

Es gab sogar eine sehr ambitionierte Fortsetzung, zumindest Frank zufolge, nämlich »Wind II«:

Verhedderte Tonbänder
hinterm Hi-Fi-Schrank,
ich dachte, das waren die Ratten –
es waren die Ratten!

Mark erzählte die Geschichte Amy und rezitierte die Gedichte, die sie sofort aufschrieb und William Wegman schickte, der mit der Zeichnung auf Seite 10 antwortete.

Amy sprach mit Jim über die ganze Sache, und Jim gab ihr zwei Gedichte, die sein Hund Audrey sofort verfasst hatte, nachdem er von der Sache hörte. Audrey hatte wohl auch noch einen Zyklus mit Sonetten in Arbeit, würde die aber

wohl erst rausrücken, wenn das mit der Metrik absolut perfekt hinhaut.

Amys Hund Audie wurde zu einem Klagelied über eine verlorene Liebe inspiriert.

So wanderten immer mehr Gedichte zwischen uns und unseren Freunden hin und her, und plötzlich hatten die meisten einen schreibenden Hund.

Als dann die Idee reifte, diese besonderen Schätze in einem Buch zusammenzuführen, begannen wir auch ganz gezielt, weitere behundete Schriftsteller zu kontaktieren.

Denis Johnson schickte uns das großartige Poem über seine Dänische Dogge Harold und das himmlische Restaurant. »Eigentlich ist das mal viel länger gewesen«, schrieb uns Denis. »Die meisten, die es lasen, dachten, ich wollte den alten Versepen Konkurrenz machen, eine Art *bellender Beowulf.*«

Rick Bass schlug uns zuerst vor, Geld oder Blut zu spenden, um das Projekt zu unterstützen.

Schließlich aber, und das dauerte eine ganze Weile, schrieb sein Hund Homer – na, was wohl? –»Die Odyssee«, mit einer kleinen (nicht zur Veröffentlichung gedachten) Nachbemerkung von Rick:

»Ich hätte niemals gedacht, dass mich diese Wildpferde auf meine alten Tage noch zum Poeten machen. Aber ich muss ehrlich sagen, ich vermisse die gradlinigen, ›richtigen‹ Sätze. Ich werde wohl in Zukunft die Finger davon lassen.«

Lynda Barrys alter Pudel Bob Parker ist vielen bekannt als Vorbild für Lyndas Cartoon »Poodle with a Mohawk« (Anmerkung des Übersetzers: »Ein Pudel im Indianer-Rudel«?). Extra für uns ließ sie Bob Parkers bösen Acid-Trip aus den 70ern lyrisch wiederauferstehen. Lynda gab zu, seit der Highschool kein Gedicht mehr geschrieben zu haben, und stellte fest, dass ihr Stil »sich überhaupt nicht verändert hat in fünfundzwanzig Jahren«.

Elise Paschen, die Vorsitzende der Poetry Society of America, ließ es sich nicht nehmen, mit ihrem Yorkie auf eine sehr alte Gedichtform der Urdu (Anmerkung des Übersetzers: Who the fuck ...?) zurückzugreifen, die *Ghazal* genannt wird, was so viel heißt wie *Gezeter*.

Wir entdeckten sogar ein bereits vor langer Zeit publiziertes Gedicht aus der absoluten Frühzeit der modernen Hundelyrik: Ben Sonnenbergs »Stay«, welches einen Ehrenplatz am Ende dieses Buches erhielt.

Dass Natalie Kusz und ihr Windhund Julio sich an unserem Buch beteiligten, verdient besondere Bewunderung, wurde sie doch, als sie sieben Jahre alt war, in Alaska von einem Hunderudel angegriffen und beinahe getötet.

Einige Schriftsteller beschlossen, ihre Stimmen ihren verstorbenen Hunden zu leihen, obwohl sie inzwischen mit anderen Hunden zusammenleben. Maxine Kumin und Kate Clark Spencer verfassten so sehr zu Herzen gehende Erinnerungsgedichte.

Unser Buch steht in einer langen Tradition der hundischen Bewusstseinsströme, die bis ins 18. Jahrhundert zurückreicht. Alexander Pope ist einer der berühmtesten Pioniere:

I am his Highness' dog at Kew;
Pray Tell me, sir, whose dog are you?

(Anmerkung des Übersetzers: Alexander Popes altertümliche Gedichte zu übertragen ist nicht mit der Gewerkschaft vereinbart! Und überhaupt: Es werden hier im weiteren Verlauf dieser Einführung noch unzählige Namen von Schriftstellern und Schriftstellerinnen genannt, in deren Werken irgendwie und irgendwo und irgendwann mal ein Hund oder der innere Monolog eines Hundes vorkam, Virginia Woolf zum Beispiel oder der beinahe mit dem Nobelpreis ausgezeichnete J. R. Ackerley. Das hat mit unserem schönen Hundebuch aber nur so viel zu tun wie ein dicker Rottweiler mit Fido the Upperpooch, dem Unter-Hündchen, denn wie es entstanden ist, wissen wir ja inzwischen.

Im weiteren Verlauf dieser Einführung geht es um irgendwelche ethnischen und tierschützerischen Prinzipien. Das ist ja alles schön und gut und sicher auch richtig, aber ich denke, die Gedichte sprechen für sich selbst und müssen nicht im Vorhinein bis in ihre Essenzen erklärt werden. Deswegen noch einige Worte von mir, bevor es losgeht, und die werde ich außerhalb dieser Klammer platzieren!)

Also: Nach Monaten der Übersetzungs- und Nachdichtungsarbeit bin ich eigentlich auch ein Hund geworden. Ich winsele und belle leise im Schlaf, kaufe riesige Hüftsteaks mit Knochen beim Fleischer, hebe das Bein beim Pinkeln, bin jetzt ein Fußfetischist, kratze mir den Hintern blutig und mache lauter unanständige und unappetitliche Sachen (nee, lecker – lecker – lecker!), über die ich hier nicht schreiben will. Nur so viel: Ohne die langen Jahre mit meinem lieben Hund, dem Rottweiler-Dobermann Piet, und ohne meine lebenslange Liebe zu den Hunden und zu Lyrik und Prosa hätte ich das alles nicht geschafft. Es war hart, YEP, YEP, und es hat Spaß gemacht. WUFF!

Clemens Meyer

Belles Lettres

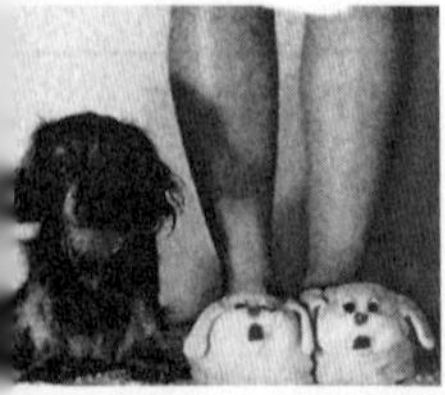

Frauchen

Aus! Du weißt, du darfst das nicht! Aus!
Keine Hausschuhe mehr mit Schweineohren,
Plüsch! Hab dran zu knabbern, ach!, wie eine Ratte
Fast im Labyrinth, sechs Stunden Einsamkeit
Und trau mich kaum ... Aus! Nur etwas laut zu klagen.

Mami, bitte komm! Ich muss mich selbst versorgen,
Weil du dich nicht kümmerst, sorgst zur rechten Zeit.
Plastikeimer umgeworfen, Küchenmüll verteilt,
Frauchens leergefress'ne Hülsen, ein Knochen, fleischlos bleich.
Ganz leise, hörst du's: Wuff.

Ein Auto, ein Auto, das nähert sich!

Hoffnung erwacht unterm Küchentisch, mein Urinstinkt!
Aber fernes Verklingen und Stille dem Veteran der Enttäuschung.
Ich dreh mich wie ein alter Hund, wie sich so viele drehen,
Und bin am Ende nicht mehr als Fell, taug nicht zum Philosoph.

Betrogen! Rettungsdank dem Schlafenden da droben?

Und GOD spricht rückwärts Hund;
SEIN macht mich so klein, verschwinde in den großen Spuren,
Zwei mächtige Säulen vor meinen Pfoten,
Und Zärtlichkeit auf meiner Zunge, küss ich dich kalte Königin.

Verzeih mir, Mami, ich zerriss das rote Kissen,
Bin so hungrig, seit du gingst um drei,
Und gegen fünf, ich wollte durch den Türspalt kriechen,
Die Nase war fast durch: zu dir zu dir zu dir,
Denn eine Sehnsucht selbst in diesen alten Abfallknochen.

Ich bin am Ende, Mami, spürst du's, wo du bist?
Im kleinen schwarzen Kästchen hört' ich deine Stimme,
Bis ich das Kabel zerrte und zerbiss, und niemand legt sich neben mich.

– *Sadie*

Audreys Love-Song

Die Tür, Freunde, nein, ist niemals
offen. Tief in mir ist Sehnsucht
und der lange öde Tag.
Ich habe nachgedacht: Mein Leben ...
Nur ein leises Jaulen?

Ich werde alt, und werde alt ...
Wie schnüffelnd wir die Zeit durcheilen.

NO! Ich bin nicht Doktor Dinsmore, der bekannte Seelenklempner!
Und will's auch gar nicht *anymore*. Freud bellt.
Ein Alphatier! Kein Beta-Meta!
Hol keine Stöckchen, sondern Knüppel, bereit nicht nur zu einem Kampf,
one, two! Und war doch Nummer eins darin, dem Herrn zu dienen wie ein alter Ritter,
und stolz auf meinen treuen Dienst.
Ein Spürhund, Vorhut, Nachhut und voll Sorge
um den Hofstaat, bedächtig auch, und nur manchmal ... *ungestüm*.

Wenn ich aus der Toilette trinken wollte. Darf ich, darf ich?
Wenn ich vom Tisch naschen wollte. Darf ich?
Wenn ich unterm leeren Bett dösend wachte und erst einen Schuh versteckte und dann den andern ganz woanders.

– *Audrey*

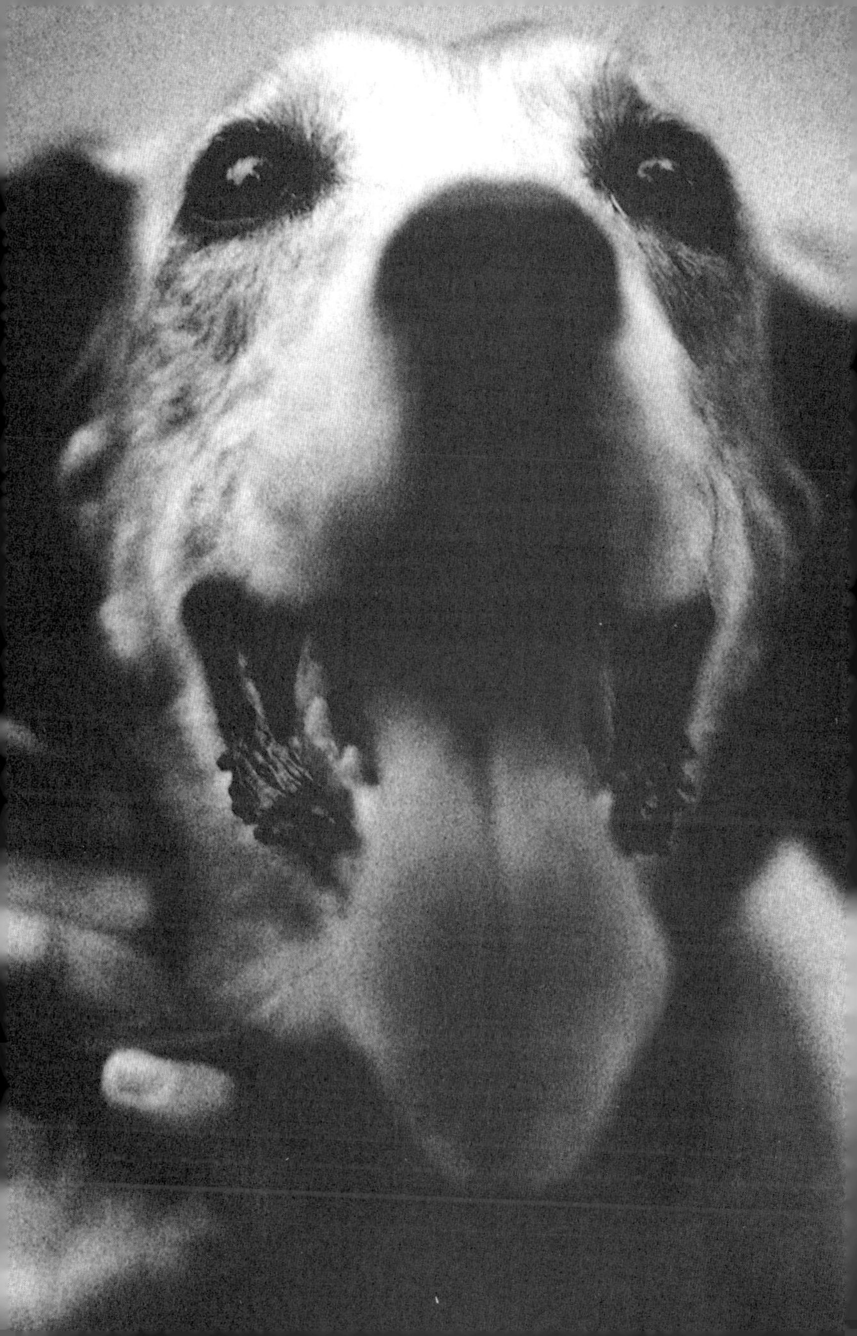

Schnüffel Rüffel

I

Wenn du: Gefahren riechen kannst und warnend jaulst und bellst,
sie aber keinen Grund für deine Sorgen sehen wollen
und in ihrer Illusion von Sicherheit nur an den Teppich denken,
in den du – sprungbereit gegen den Feind – mit deinen scharfen
Krallen fährst …
Wenn du: die Hände deines Menschenrudelführers mit der Zunge
speichelnd
streichelst und *keine* Hundestunde und Sekunde in dir zweifelst,
dass es Naturgesetze sind, dass diese Hände nur in Maßen füttern,
nicht in Massen,
und es bisweilen unterlassen, weil sie ein Riesenschnitzel mit Pommes
bearbeiten …

II

Wenn du: die Schotten dicht hältst, obwohl der Druck gewaltig ist,
und andre Hunde schiffen Wellen auf die Schwelle, und alle sagen
»Pfui« zu *dir* …
Wenn dich: die rasche Folge von »Guter Hundi« und »Ab, du
Stinker« nicht überrascht
und du bereit bist, auch wenn du breit bist, für »Fang den Ball und
hol das Frisbee!« …
Wenn du: warten kannst wie 100 Jahre Einsamkeit in 100 leeren
Räumen,
weil er nicht versäumen will den *Tatort* oder Skatkloppen am Freitag
oder Fußball am Samstagabend oder »Rein in 'n Kopp«, den
Frühschoppen, oder »Ich besorg's dir Baby«,
ein Dadaismus, endlos, nur zu ertragen mit Buddhismus, der
Grenzgang der Geduld …

III

Wenn du: es schaffst, die Tränen in deinen dunklen Augen zu
verstecken,
weil er dir sagt, *du* bist nicht eingeladen zu diesem Jagdausflug,
und sie ihr Benehmen, ihre sogenannte Würde, in den Wälder lassen
und dich zu hassen scheinen, weil ihresgleichen als Gesellschaft ihnen
lieber ist …
Wenn du: gelassen bleiben kannst und Herr deiner Beherrschung,
wenn solche winz'gen Nudeln an dir vorüberpudeln, manchmal
läufig, Einsamkeit des Bordsteins,
und wenn du Stoiker des langen trüben Alltags deinen Schmerz
verbergen kannst,
wenn wieder einmal kleiner Katzen Samtpfoten dich ausbooten …

IV

Wenn du: ohne Klagejaulen ausharrst all die Stunden
deiner großen Einsamkeit, und wenn die Tür sich endlich öffnet,
begrüßt du die, die spät wie immer kommen,
als lang ersehnte, einst verlorne Freunde …
Und wenn du: beim Buddeln, ohne eine einzige Rose zu zerstören,
den verschollenen Knochen wiederfindest und zum Abendbrot
bespeichelst …

… dann, mein kleiner Freund, hast du 'ne tierisch gute Nase und,
viel mehr noch, bist ein echter Hund in einem echten Hundeleben.

– *Duncan Tuck*

Die Ballade von Winky

Den Highway runter nach Süden, einsame Wege,
Und ließ alles zurück, Halsband, Marke; meine Straßen haben keinen Namen.
Den Highway runter nach Süden, das war einsam, Baby, aber war mein Weg.
Immer weiter an der sandig gelben Linie, dem schmalen Grat zum Horizont.
Da kommt dieses Mädchen am Abend, hält neben mir und nimmt mich mit,
Baby, das war das Ende meiner Reise ans Ende der Nacht.

Steht neben mir und nimmt mich, nimmt mich mit zu ihr.
Trägt mich über die Schwelle, die Kleine,
Schließt mich ein im Porzellan, Badezimmer, *you know?*
Und den Highway und den weiten Horizont hab ich nie wieder gesehn.
Sie nennt mich ihren »Winky«,
Und ich ziehe feuchte Linien mit der Zunge übern Flur.

Und dort geht's geradezu nach Westen, wo mein neues Körbchen steht,
Die gelbe Linie ist die Küche,
Und meine Reisen sind das Fressen, einsam fressen immerzu.
Und hab ich's verputzt, will ich Nachschlag, ein weites Feld, Fressi, yeah.
Und brauch noch mehr in meiner Schüssel, ach Baby,
Brauch's um 8, um 12, um 6, um 10, Sonne oder Mond, Vollkost, Fernweh.

– *Winky*

Die Zufriedenheit eines eingesperrten Hundes

(Jailhouse Dog)

Huh-huuuh *huh*-huuuh *huh*-huuuh *huh*-huuuh
Huh-huuuh *huh*-huuuh Wuff *Huh*-huuuh *huh*-huuuh
Huh-huuuh *huh*-huuuh *huh*-huuuh *huh*-huuuh
Huh-Huuuh *Wuff*-wuff *Rrrr*-huuuuh *Huh*-Huuuh
Huh-Huuuh *huh*-Huuuh (Rrrremm) *Huh*-Huuuh *huh*-Huuuh

– *Skipper*

Regen

Der Regen wäscht sein Pfötchen.
Gib dunkle Spuren aus meinem Garten. Eiscreme
würde uns guttun – in *einer* Waffel?

– *Audie*

Futter

Hundeflocken

Das Leben, glaubt mir, ist ganz und gar nicht sinnlos: Fressen!
Nur dafür sitze ich auf den Stufen der Tage, die Nase an der Tür,
und denk an meine Hundeflocken – Geschmack, Geruch und ihre
Zärtlichkeit

auf meinem Gaumen. Ach Glück! Wir gehen in die Wälder
nach dem Essen (ich und meine Menschen), und unterwegs find ich
so viele dunkle Knusperkugeln, an denen ich *Pfui! Aus!* nicht
knuspern soll,

aber selbstverfreilichst heimlich nasch ich. Und sie sind so
LECKER!,
auch wenn mir danach kotzübel wird, zu Hause oder schon im Auto,
ich liebe sie! Denn über alles lieb ich Fressen und sinniere

schon Stunden bevor sie auf der Zunge schmelzen, über die Aromen
der begehrten Hundeflocken, die sie mir im edlen Plastiknapf
bereiten.
Und diese tiefe Obsession braucht keine Analyse auf der Couch von
Dr. Freud,

denn ich bin liebenswert einfach und einfach liebenswert (Punkt!)
Wenn ich mal etwas depressiv bin oder krank oder nicht so ganz auf
meinem Posten,
schlaf ich unten an der Treppe, zusammengerollt, gleich neben dem
Klo, denn ich

bin rücksichtsvoll, kenne Scham, kenne Freude und habe mich an
Köstlichkeiten
schamlos erfreut. Aber ich treib mich nicht rum, will nicht weg und
in die Ferne,
denn das Leben ist nicht sinnlos, weil es Fressen gibt, und immer
denke ich an meine Hundeflocken, Geruch, Geschmack, bissfeste
Poesie.

– *Tasha*

Birch

Isst du das?
Isst du das?
Isst du das?

Ich werd's auf jeden Fall fressen.

— *Birch*

Von einem, der einmal ein Auto fing

Als ich herausfand, dass eines meiner Jahre sieben der ihren entspricht, begann ich, alles zu beißen, absolut alles.

(Max »Mad Dog« Carlson)

Ich bin eine Legende, selbst unter diesem Verandadach
im Hinterhof, wo das Alter mich an seine Kette gelegt hat,
und jeder junge Furz von einem Hund verehrt mich,
denn einst hab ich, *Yes, Ladies,* einen 60er Ford Fairlane erlegt.

Die Story kennt jeder zwischen L.A. und New York,
wie er sich noch mal aufbäumte und ich ihn zurück auf den Rasen zerrte,
wo ich ihn dann einfach so zerfleischt hab, als wär' er ein fettes Steak.
Noch Jahre später hab ich immer mal wieder 'n Stück Glas ausgehustet.

Und jetzt kommen diese jungen Hüpfer rudelweise und sind ganz wild darauf,
ein paar Tipps von mir zu bekommen für ihre Beißtechnik.
Na ja, sag ich, 'n bisschen Naturtalent braucht's schon, und sie bellen, knurren, schnappen,
woll'n Ruhm erlangen auf dem Sunset Boulevard der Autobeißer.

Und ich lächle gelassen in ihr Applausgeheul, aber es ist ganz schön stressig
so ein Leben als Star. Und später dann im Schlaf sabbere ich, wie immer,
Öl aus meinem Maul und meinen Träumen.

– *Max Carlson, Australischer Schäferhund (geb. 1. Januar 1983)*

Nix mit Skeezix

(Winslows Lied, in alter Manier)

Lasst ja nicht Skeezix zu mir rein.
Mein Futter teil' ich niemals nicht!
Denn weise Hunde fressen stets allein.

Ich kill' den Kater, wirklich, es *muss* sein!
Seit Jahren klaut er Fressi, dieser Wicht.
Lasst ja nicht Skeezix zu mir rein!

Er war schon vor mir da, »ach wie süß und klein!«.
Na und? *Ein* Haustier reicht, und das bin ich!
Wir weisen Hunde fressen *stets* allein.

Faul und dumm, so glotzt er wie ein Minischwein,
Unten nicht dicht und oben kein Licht.
Lasst ja nicht Skeezix zu mir rein.

Er jagt und bellt nicht, wie kann das sein?
Und liegt den ganzen Tag, als hätte er die Gicht
Mit Katzen lassen echte Hunde sich nicht ein.

Ich lecke die Fliesen blank, denn die Küche ist mein!
Ich schlinge und fresse bis zum Jüngsten Gericht.
Lasst ja nicht Skeezix zu mir rein!
Der weise Winslow frisst allein.

– *Winslow*

Harold frisst weiter

Fressnapf Fressnapf Fressnapf Fressnapf Schüssel
Fressi Fressi Fressi Fressi Lecker
Das Wunder eines Restaurants im Himmel
Ich bin und sehe dieses Öffnen dieses
langen dunklen stillen Abends
Und plötzlich kommen sie in einer Limousine
Wie hätt' ich glauben können dass ich zum Ende gehe
Ich war niemals gebrochen Ich
bin der Schnellste und dieser Festzug ist nur für mich
Sie haben mich nur geleitet zum Hoftor von Gott
So lange her und ewig
war und bin ich an diesem Ort
auf der anderen Seite des Fressi
wo ich satt und weit bin und die leere
Schüssel ist wunderschön

– *Harold*

Ohne Titel

Alle Hunde lieben Prosa, ganz besonders dieser diese:
Ich starb in jenem heißen Sommer 1965 nach einer
kleinen Affäre mit einem ungebackenen Brot – ich fraß
eine Schüssel Hefeteig, und dann döste ich in der Sonne.

Großer Fehler.

– *Marrow*

Das gute Leben

Nietzsches Wahn

Traumkatzen, ich fliege … FONK. Was'n los, was'n das? ZZZZZEPP.
    Aha aha!
Dosenöffner Dosenfutter! Jetzt bin ich munter: Fressi Fressi!
Dosenfleisch. Guuut. Blankgeleckter Fressnapf. Guuut.
Tür. Auf Tür auf! Schnellschnell! Guck doch guck ich warte.
Was'n nu was'n nu mit der Tür. Wie jetzt? Auf zu auf zu. Auf ja? Raus ja?
Türknopf-Frühsport KLONK Klinke. Guuut. Ich geh dann mal. Katze.
Richtige-echte-Katze jetzt. Verdammt heißes Biest. Kriegdich!
    Verdammte Katze.
'n Zaun. Immer derselbe Zaun. Yep jawoll, derselbe Zaun.
Yep und hoch isser! Jawoll jawoll. Und stark isser. Auch. Yep.
Riesenschnauzer GOTT, zerschlag den Zaun, bete ich zu
    Riesenschnauzer GOTT.
Yep, Rüssel rein, Schnauzer drauf! Nee? Gott hamse eingeschläfert.
Jetzt: Katzenpfoten geistern übern Zaun: und hepp! Und spring ich:
Und Katze fliegt: Und Katze balanciert ganz oben. Und ich: grabe.
Und ich: stoße. Wühl. Rempel. Rammbock. Rums Stoßbock Rums
Und jetzt … Katze weg … Boden zerwühlt … Zaun immer noch …
Piss ich eben … Wie? Zaun, piss ich dran, an 'n Pfosten, immer
derselbe, weil: meiner. Abgesteckt. Drangepullert. Heimatland.

— *Nietzsche*

Hunde-Duett

Ich weiß wo's hingeht
Plutarch ist immer mit dabei
Wir wollen rumtrotteln im Doppelpack
Wir wollen fette Beute schnüffeln
Fische fangen in der Abwassergrube
O prunkvolles Glück
eine Lehmpastete zu ergattern
im stinkigsten Morast
Hey ein Maulwurf/Freudentaumel
Buddel wühl' spreng den Tunnel
Warte juckende Wasserflöhe iiiih
Warte ich erschlag sie! Autsch
dir hängt eine Gräte aus'm Ohr
Beug dich mal rüber. Haaaptschuuhh!
Wohlsein!

— *Gracie*

Katies weise Worte

Draußen. Felder. Fressi.
Und natürlich *Hundi, Lauf*
und *Sitz*. Denn diese Worte, glaubst du,
kann ich leicht verstehen. Wie
meinen Namen. Und wie deinen. Wie *Gut*
und *Böse*. Aber nicht ganz klar
ist mir der Unterschied bisweilen.
Aber du behauptest, dass ich *miss*-
verstehe (ganz absichtlich!),
was ich doch weiß, nur um selber zu
entscheiden, wie ich reagieren soll,
und dass ich alle Worte durch-
einander und mal dies,
mal jenes bringe.
Aber wenn du deine Stimme hebst,
gehorche ich, fast immer
richtig. Bleibe oder komme zu dir.
Gehe in meine Ecke. Friedlich.
Und selbst wenn ich mit mir
alleine wäre, Eichhörnchen jagend,
mich auf dem Rasen wälzend im süßen
Duft verwester Dinge, so wüsste ich,
dass Freiheit doch nicht alles wäre.

Und du weißt's auch. *Sprich dich aus!*,
sagtest du, und das habe ich jetzt.
(Damit hast du wohl nicht gerechnet, stimmt's?)
Denn genug ist genug!
Ich denke, es ist Zeit
für eine große Runde durch die Felder,
für eine ausgedehnte Schnüffeltour,
im Schnee will ich stöbern,
ein Loch will ich graben,
nur um zu sehen,
ob dort etwas verborgen ist.

– Katie

Ein kluger Hund erklärt von unten

Nun mach schon und frag nicht so viel!
Lass uns endlich losgehen!
Nein, ich grinse nicht.
Ich würde sagen, ich verziehe das Gesicht und
zeige hinter meiner hochgezogenen schwarzen Gummilippe
mein rosiges Zahnfleisch und den alten abgebrochenen Fangzahn,
aber kein gefletschtes Knurren steckt dahinter
(du kennst ja mein heiseres Grollen),
nur ich, so wie ich bin,
und ich bin ein Hund von Welt,
erfüllt von weltlichen sinnlichen Freuden und Gelüsten,
um mich durchzuschnüffeln
in meinem stattlichen Pelzmantel der Loyalität und Treue,
um nach dem Ursprung zu suchen und nach herrlichen Kadavern.
Einen schrundigen Ersatzfelsbrocken mit nach Hause zu bringen
ist besser als gar kein Knochen,
und wenn mein Kopf auch fast am Boden schleift, ich beiße, packe zu!
Ich höre dich.
Ich belle Antwort, ich komme schon!
Ich überschaue das Durcheinander deiner gewichtigen Botschaften.
Nur wenn wir mal läufig sind und wenn wir schlafen,
spaltet sich ein kleiner Teil von uns ab.
Wir denken nicht.
Wir kapieren und marschieren! (Für den weltweiten Vertrieb: We
know and go!)
Die Antwort liegt in unseren Augen,
diesen tiefen dunklen Seen, vom lichten Weiß des Tags umgeben:
Natürlich träumen wir –
bei allem, was wir tun.
Und so denkst du, wir lieben dich,
und ja: Wir lieben dich.

– *Jason*

Ein Landei in der großen Stadt

(angeleint, eigentlich ein Unding für einen, der die freien Wälder liebt) kommt an einer Hundeschule vorbei: Zwölf Hunde und ihre Herrchen laufen immerzu im Kreis herum, im Kreis herum …

Also
das
haut mich
wirklich von den Pfoten!
(Die spinnen die Städter!)

Riechen die denn nicht … da …

ein EICHHÖRNCHEN!

EICHHÖRNCHEN!

EICHHÖRNCHEN!

– *Molly*

Ein Kriegsgedicht

There was no Kindergarden auf Schlachtfeld of Hilda
(Stillgustanden! I am german based Americano Wunderhund),
that Hill was Hildas Hügel!
Privatland marschieren, Schild, Verwustung, Feuer-
Feier, Schatz-Brand Plündern
See und Steg
Vogl and Snake
kaputter Weg.
Nay, no, nixerling konnte stoppen Hilda.

»Komm, Hilda, komm!«,
the Mensch-Maschine brummte.
Bah, ha, ya,
sang Dogsoldier Hilda.
Wenn Mensch-Maschine brummte: »Komm, Hildi!«,
Hilda *Blitzkrieg* Fressnapf.

In schlimmel die Tea-Time auf Hilda,
jedes Crime-Keim führt zu Hilda.
Hildajunge,

Rheinrassige Blue-Blut. Herrrrrlich Hund.
WAUte, WAUte over the Schlacht Schlucht alle ganze Nacht,
nagelte Neighbour's
Pudel Nudel an den Gartenrose, kaute YAMMIE
Panzerkröte.

Hilda

war die Dotter von Big-Eier Adolp,
verstümmelte Büchsen-Trash, jagte Stinkie, kriegte Millymann
mit die Millybuddel.

Hilda,

Djenerale aller Djenerali,
esste ungefrägt a Tintenfish, even ein Pelicano, even Watter-
Ratte.

In die große Zeit of Hilda
machte Hilda, whathilda sie wollte.
Hilda stand wie eine Mauer,
Schlacht-Axe Girlfriend,
kurzhaar-geschmeidig,
Schwanz wie Messerspitze,
überlebte sogar Neighbour's Japs Killakamikaza.

Hilda see alle Dinge.
See Wasser even im Watt, See Waldmenschen even the
Yeti, See Reihngold im Waterfall.
Sieht Fische Schiffe Fischers Fritze Schiffer fischt Fische.
Lecker.
Sieht Seehecht prächtige Hilda trächtige üppige Wiesen.

Hilda ist Argument, wollja!
Hilda is pfiffig,
schwimmt um die Wette, springt, sprintet, spitzt
über rivers
drunter de Brücken
even nieder de länder.

Hilda fängt Flegel mit Pfoten.
Hilda beißt heißen Wind, bellt Seifenballons after the Schauer.
Hilda is Circus mit Knochengräte auf der Nase in Balance,

nimmt Gräti mit zu Pläti,
buddelt Fisch zu tote Mouse,
zuuu-rück zu Garten, ruck, zuck!
Strike-back Attacke! Hilda halda Stellung.

Japs Garten is full auf Harakiri-Nihilismus,
und Hildas dead Fisch war auf Hildas Seite one detig
one zweifel.
Hilda hockt im Graben. Hilda bleibt. Hilda stolz.

In die great Zeit von Hilda
die Mensch-Maschine kreischt: »No, Hilda, no!«
Das Mensch-Maschine nimmt den Fisch frisch frisch pfuiii fisch fisch
uiii weg.
Die Panzer-Kröte schleppt den Fisch weg. Beutezug, Urangst-
Stinkie,
Fischermenfriend,
fisch, fisch.

Die Hilda hinterher.
Panzer-Mensch stuckt Fisch in Mulleimerli in Hildas Fegefeuer-post-
Stinkie-Tier-Schmutzwäsche-Eimer. Fisch sinkt.

Hilda JAULT.
The Fitsch is dead von de Bitch.
Mensch-Maschine kettenpanzert.
Hilda WAUt WUFFt LAUT.

Auch in Hildas großer Zeit
eine Ding machte Hilda Schiss:
die Bumm-Wumme.
Ein japanese Pyjamawoib
in the Nachbargarten
hat die Bumm-Wumme.
Wenn Hilda war
ohne Warnlicht auf Hilda Heim near Japangarten,
Bitchwoib kam rangearbeitet, Kontrollgang,
nay, no nixerling, und njet, ick binx.
Eine Bumm-Wumme poppt,
auf Hilda flixt,

springt,
bellt,
blitzschnellt

sehr sehr sehr sehr very weit.

– *Hilda Guard*

Der alte Windhund (I)

In den Nächten, wenn ich einsam wittere, unser Haus wird weiter,
immer weiter, wenn ich schleiche, wird der Flur zum Draußen,
keine Mauern gegen meinen Jagdinstinkt, und ich finde
diesen Hasen, Plüsch, egal, er wird sich fürchten,
wenn ich komme, und sein Bein zuckt auf dem Teppich,
ein Sprung wie früher, beste Zeiten, pack und werf ich ihn
und folge, alle schlafen, und ich jage, riech den Wald und
riech die Jugend, keiner wird mich jetzt noch halten,
ihn zu reißen, ihn zu fangen, und danach ich träume
tief.

– *Julio*

Alice

In der Unruhe liegt die Kraft. Auf
zum Tanz! Rumspringen, Äste schleppen,
Gesicht abschlabbern, Yammie!
Machst du mit?
Ich bettele und stups dich an, und weg bin ich,
quer durch den Garten, wo feine Knochen in der
    Erde ruhn.
Bauchlandung! Ich mach den ganzen Teich leer.
Enten, Stöcke, Abfallmüll,
abgetaucht. Guckst du? Guckst du?
Stolz stolziere ich zu dir.
Doch dann: *Raus aus dem Bett!*
In deine Hütte!
Verschwinde aus der Küche!
Muss ich wirklich? Ach
nee, wirklich? Oh, wie wär's
mit einem Ritt in deinem heißen Cabrio,
du darfst auch mein warziges Bäuchlein kraulen.

— *Alice*

Notfall

PATIENT: Spode
RASSE: Pitbull
SYMPTOME: partielle Paralyse
VERMERK: Vollständige neurologische Behandlung empfohlen zur Abwendung bleibender organischer Schäden

RORSCHACHTEST
(Die anwendenden Psychologen legen Wert darauf, dass die Bilder nicht öffentlich gezeigt werden, um eine Beeinflussung der Testergebnisse durch Vorwegnahmen zu vermeiden.)

AUSSAGE DES PATIENTEN: Tote Katze.

AUSSAGE DES PATIENTEN: Tote Katze

AUSSAGE DES PATIENTEN: Hm. (denkt länger nach) 'ne tote Katze.

AUSSAGE DES PATIENTEN: Das da? Hm. Hhhhmmmm. Schwer zu sagen.
ANMERKUNG DES UNTERSUCHENDEN: Bitte, Sir. Ihre Spontaneität ist …
AUSSAGE DES PATIENTEN: Tote Katze.

ABSCHLIESSENDE DIAGNOSE: unheilbar

– *Spode*

Sally. Unter Damen

Ich bin groß! Ich fühl mich riesig! Schau mir in die Augen, Liebes,
wie ich so lässig auf der Sofalehne throne
mit meinem kleinen unsichtbaren Diadem.
Ein Zehn-Pfund-Monarchenschmetterling mit Fliedermause-Ohren,
residiere ich hier Kopf an Kopf mit meiner Freundin, meinem Menschen.
Hier kann ich sein, und zusammen sind wir zwei perfekte Damen,
unzertrennlich seit unsrer ersten *Ladies' Night*.
Meine zarte, feuchte Welpennase betupfte ihren Nacken,
und wir verstanden uns sofort.
Mich mag sie am aller-aller-meisten auf der ganzen-ganzen Welt!
Viel mehr als das große, dunkle, ach so starke Hof-Tier, das uns angeblich beschützt, pah!,
und mehr noch als Home-Boy Homer, wie hochnäsig der Designer-Leibchen trägt nicht nur im Winter! Erspart mir diesen Dandy!
Und viel mehr noch als Mike und Digby, schmusende Rüpel, die an und über ihre Wangen krabbeln, unschicklich das! und so weit entfernt von meiner Würde!
(Okay, ich hab schon mal an ihrer ... Katzenkacke ... aber nur ein ganz klein wenig!)
Und viel mehr noch mag sie mich als Josie, diese miese, falsche Schlampe, Hinterhofkrankheit, Wanderpokal:
Mit dem unterwürfigen Wackeln ihres kleinen Arsches schleimt sie sich bei uns ein,
verdrängt mich schon von meinem Kissen in manchen Nächten. Josie muss sterben,
denn meine Freundin gehört *mir* allein, und *wer* kennt alle Folgen von *Sex and the City*?
Hmmm?

—Sally

Ein Tag in Lewis' Leben

Fünf Uhr. Morgens. Bin längst wach und flitze schnell zu deinem Bett.
Raus aus den Federn und schieb mir paar Leckerlis rüber! Du schläfst?
Zack! bin ich draußen und wühle wunderschöne Löcher in den Garten.
Und schon bin ich wieder drin und dran an einem Kissen, das schmeckt nach Schweineschmalz!
Und »Patsch!« bin ich im Pool und wälz mich trocken in der frischen Gartenerde.
Dann überkommt's mich, und ich verführ die Couch und fühl mich wie ein richt'ger Kerl!
Ach, nimm mich doch jetzt an die Leine, ich zerr dich in den Wald!
Ich hechle und japse, und meine Kraft wird dich umhauen, ganz sicher.
Oder lass mich den Müll auf den Boden schmeißen, und dann mit Anlauf hinein, welche Wonne!
Oder ... oder lass mich dich küssen mit meiner kalten Schnauze, ganz kurz nur ...
(Das ist doch ein Wunsch so klein wie ein Floh.)
Endlich! Mein Frühstück! Und wieder enttäuscht, derselbe Schmierpapp wie gestern.
Vorschlag: Gib mir was von deinem leckren Essen, dann hör ich auf, dich vollzusabbern.
Und alles, was ich will, tagaus, tagein in meinem Hundeleben: bei dir sein, stets bei dir.
Doch wenn du mir Kommandos gibst, hol dies, mach das, stell ich mich dösend dumm.
Nun komm und spiel und kämpf mit mir, ich kann dir zeigen, wie das geht und wie viel Spaß das macht.
Aber dann, aber dann, irgendwann, musst du mir doch noch alle deine Leckereien geben.
Jetzt. Jetzt!

– *Lewis*

Ihr dummen Vögel wollt Spürhunde sein?

Für Bulette und Katie, diese mit allen Wassern gewaschenen Sauhunde, wegen denen ich drüben im Schneeland von der Ladefläche des Trucks gefallen bin und mir das Bein gebrochen hab.

Beug dich schön weit raus, habt ihr gesagt.
Stell dich ruhig auf die Werkzeugkiste
und häng den Kopf in den Fahrtwind, habt ihr gesagt.

Und die gefrorene Sonne
im Nebel
weit im Norden
und so viele flatternde Vögel
DA draußen
wo du endlos wandern kannst
über den wunderschönen
vereisten See.

– *Ray*

Canine nervosa

Lolas Klage

Ich bin in tiefer Sorge.
Weil niemand außer mir es spürt.
Die Autos vorm Haus sind ein dunkles Geheimnis –
Türen schlagen, Stimmen in unserer Tür, mein Herr hat Vertrauen,
ich nicht. Der Silberfaden der Bedrohung berührt kalt meine Nase.
So oft, so oft. Türen und Stimmen und Schatten.
Und ich belle, bedrohe *Vorsicht!* die Bedrohung.
Weil niemand darauf achtet, wer durch die Tore kommt,
und ganz besonders in diesen Zeiten.

Oft sind wir in den Wäldern fern vom Haus,
nie weißt du, wer durchs Dickicht schleicht,
wenn große, alte, weise Eulen in den Bäumen schweigen
oder der Kojoten Spuren nur für mich zu riechen sind,
oder Haare von gemeinen Ratten zwischen spitzen Gräsern hängen,
oder die dunkle Wildheit mächt'ger Hirsche, noch ganz frisch, Nacht
der Bären, oder ... an den Bäumen so viel Rinde abgerieben,
Gott beschütze ... eine Birke, angstgebogen, neben unserm Pfad.

Und so bin ich in tiefer Sorge.
Schlafe mit gespitzten Ohren, ohne Schnarchen.
Bin auf meinem Posten. Beobachte genau beim Begrüßen
die Gäste. Mein Haus und mein Herr haben zu viel Vertrauen.
Ich nicht. Ich wache. Die Türen. Die Wälder. Die Einfahrt.
Die Vorsicht. Die Mutter der Hunde. Die Menschen sind sorglos.
Bis das Fremde auf der Couch sitzt, werde ich heulen wie die Wölfe
in den Wäldern, und wenn mein Herr die Hände schüttelt,
berühren sich Gefahren, Gott beschütze ...
Und ich, dazwischen, bin fix und fertig in all meiner Sorge.

– *Lola*

Von den Dingen

Dinge bringen ist harte Arbeit voller Ungewissheit.
Bringe ich ihm einen glänzenden, duftigen Fasan
zum Beispiel,
grinst er und gibt mir gnädig anerkennend einen Klaps.
Doch leg ich kotzend eine sauer parfümierte Kröte nebens Bett,
brüllt er. Schlägt die Türen zu und schlägt mich.

Eine immer noch warme, einst fröhliche, jetzt blutende Ente?
Da klatscht er in die Hände, sein Körper federt freudig hin und her,
doch bringe ich ein gut abgehangenes Stinktier,
wird seine Stimme kalt und zornig, und ich begreife gar nichts mehr.
Es ist doch alles Dingebringen! Doch alle Dinge bringen bange
Ungewissheit jedes Mal.

Ob Hase oder Hirschgekröse, Vogel oder Frosch,
er sollte alle Dinge lieben, die ich bringe, oder keine –
Sekt oder Selters.
Letzte Nacht hab ich meinen Freund ULF mitgebracht und
dicke gelbe Knoten ins Tennisnetz gewürgt,
dieser kleinkarierte Spitzfind wird keinen Ball mehr spielen
(so denke ich mir das zumindest, eine hündische Intrige!).
Und die nächste Ente werd' ich ganz für mich allein behalten.

– *Jessie*

Cosmo Dog

So wie wir kleinen Hundedamen Französisch sprechen, müsst ihr
doch denken, wir
tränken nur Wein mit spitzer Zunge und sprängen durch Reifen wie
im Parie Varietee.

Aber *non*! Wir sind nur tragische Kätzchen im Hundekostüm,
struppiger Käfig,
Trans-Europa-Spezial-Express mit Endstation HUNO in Den Haag

oder im Zug nach Nirgendwo, somewhere over the Irgendwo ist
meiner Spezies List,
ein Trick, ein Traum, nenn es den Zauber eines gallischen Druiden,
der uns befreit von jenem

Lispeln, vornehmes Französisch, und diesem viel zu hohen,
krächzenden Gekläffe,
weswegen sie uns »Nuttenfiffis« nennen, und dann noch dieser
Name, ich bin

reif für die Klapsmühle, welch Weisheit hat man mir gegeben,
getaufte Traufe: Spot.
Lauf, Spot, lauf! Ach, alle meine Frauchen, die mich lieben sollten,
und im TV die Werbespots

sind meine einz'ge Primetime, ich sollt' ein Werbehündchen sein für
diese Honigknochen.
Wer einmal aus dem Blechnapf trinkt, Kölnischwasser, Eau de Dog,
das passt zu mir.

Aber immer, immer wieder: »Aus, du blöder Spot!« Bin viel zu zart
für diese Schelte
und seufze. Aber wenigstens hat all das einen guten Dichter aus mir
gemacht, nicht wahr?

– *Spot*

Erdrückend

Knuddeln! Knuddeln! Immer dieses blöde Knuddeln!
Das ist der Preis dafür, dass sie mich liebt.
Selbst wenn ich gierig Futter schlinge und meine Lefzen tropfen,
Kriecht sie auf allen vieren zu mir ran –
Und alles, was sie will, ist

Knuddeln! Knuddeln! Belästigt und verfolgt,
Das ist der Preis für dreimal täglich Gassi gehen.
Selbst wenn ich Fliegen schnappe oder Sonnenstrahlen,
Kriecht sie wie eine große Schlange an mich ran –
Und dieser fellbesessne Blick in ihren Augen …

Knuddeln! Streicheln, Drücken! Sie lässt mir keine Luft!
Das ist der Preis für ihre Hunderosen, Kauknochen im Fünferpack.
Selbst wenn ich gemütlich gammle, auf'm Sofa oder Bett,
Legt sie sich auf und neben mich, ein Knuddelwahn!
Ob ich im Hundehimmel Wiesen ganz für mich alleine habe?

– *Josephine*

Spiel's noch einmal. Sams Thema

Du bist weg. Das Haus ist tot. Bei mir:
bist du sicher. Doch warum bleibst du nicht bei mir?

Dein blöder Prinz hat dich hinweggeflüstert,
an *meiner* Leine führ' ich dich niemals in die Irre.

Er ist wie Ebbe und Flut, rauscht heran und geht,
aber ich bin immer da, ein kleiner Anker in deinem Leben.

Und viel brauch ich doch nicht: Fressi, Gassi, Liebe.
Und *keinen* Beziehungsstress hast du mit mir.

Du musst ja nicht mal kochen! Reiß eine Dose auf für mich,
ein Klacks, so ein romantisches Dinner für uns beide.

Er fummelt ständig, hechelt mehr als ich und hört dir niemals zu,
ich bin ganz Ohr, gespitzt, und so viel haben wir uns noch zu sagen.

Sicher hab ich meine Macken, Angst vor geschlossenen Räumen,
    Lärm …
Aber du musst dich nicht fremdschämen, wenn wir spazieren gehen,
    so wie für ihn.

Er ist eins neunzig, ruppig, ich sein Zehntel. Pass bitte auf,
sonst wird er mich zertreten.

Ich bin winzig und mag mein kleines Reich und deine Wärme
(und werde giftig, wenn das ein andrer mit uns teilen will).

Ich: Samson – du: Paschen. Das ist dein Türschild-Name,
den du behalten kannst in *unsrer* freien schönen Ehe.

– Sam

Daisy (5) redet ein ernstes Wörtchen mit Sophia (2)

Ich war zuerst hier.
Ich bin das bessere Baby.
Vor langer Zeit, als wär's in einem andern Leben,
war *ich* süß, süüüß, knuddelig.
Als du noch drin im Bauch warst,
hatte sie immer ein Bild von mir, einen Talisman, bei sich,
vor sich, das gab ihr Kraft, denn Hunde geben niemals auf.
Ich sehe es nicht mehr, es ist verschwunden.
Wo ist dein goldenes Fell, Frischling?
Wo wirbelt dein Schwänzchen?

Du kriegst alles! Plüschige Teddys,
die ich zerfleddere, wenn keiner hinsieht,
und dieses hässliche Barbieweib
ist doch wirklich nichts für dich in deinem Alter!
Wenn ihr zurückkehrt von euren Jagdausflügen zu Burger King,
riech ich euch Kilometer gegen den Wind. Und du
lässt frech den blöden Barbieschuh fallen, als er
dich aus dem Auto trägt, der Mann,
der einst die größten Stöcke warf,
bis ihm der Arm abfiel und es Abend wurde.
Derselbe Mann kriecht jetzt durch Schnee
und Schmutz und wühlt und sucht
nach Barbies billigem Stöckelschuh.

Fressi. *Du* bekommst das ganze Fressi,
kriechst durchs Haus, ein Stück
vom besten Brustfleisch in jeder Faust!
Schinkenstreifen und Käseringe schlängeln
wie lebendig sich zwischen deinen Fingern.
Kriegst sogar Steak! Kriegst sogar Eier!
Für mich nur magere Hundeflocken. Welch ein Hohn!
Denkt er denn, Hundeherzen schlagen plötzlich vegetarisch,
während er Geflügel ausnimmt für den kleinen Fleischwolf?
Meine Sehnsucht wächst: ein großer Stock und etwas Hühnchen,
Hühnchen und ein großer Stock (ein Hundepicknick).

Wenn sich die Alten streiten, verstecke
ich mich unten auf dem Gästeklo, und
während sich oben was zusammenbraut,
rolle ich mich zusammen
auf dem kleinen feuchten Teppich.
Und *du*, versteck dich lieber auch, aber
such dir deine eigene dunkle Ecke, nein,
dieser Raum ist viel zu klein für uns beide –
zumal du immer größer wirst mit jedem Tag.
Worum geht's dort oben, geht's um mich?
Ich höre meinen Namen, diesen wunderbaren ...
Unergründlich ihre langen, langen Sätze.
Ich weiß, *du* kapierst genauso wenig.
Einen Durst bekomm ich plötzlich,
Mann, hab ich 'n Brand! Feinstes Toilettenwasser,
aber der Deckel ist zu, und
du dackelst obendrauf, nimm
doch die Füße bitte weg von meinem Kopf!
Ob du was zu naschen hast in deinen Taschen?
He, runter! Ich bin doch kein Pferd!
Und sag mal, du weißt doch ganz genau, wie
man den Deckel ... Lass mich doch nur mal fix ...
Vorsicht! Uuuups. Weg ist die Barbie.
Und deine Tränen wie die Klospülung.
Nun wein doch nicht, Stiefschwesterchen,

das tut mir in den Ohren weh, echte
Hunde weinen nie. Glaub mir,
wir lachen auch nur selten, aber
sind berühmt für unser Lächeln.
Unsre Schnauze, weißt du, die
ist ganz speziell und der Grund,
weswegen sie uns mögen (mal abgesehen davon,
dass wir sehr kinderlieb sind). Wenn
unsere Lefzen sich heben und
wir lächeln ...

– Daisy

Halbgereimte Eifersucht

Wie in allen Frauen auf der ganzen Welt,
pocht wild in mir ein eifersüchtig' Herz,
doch das letzte Mädel, das er mitgebracht hat,
war nur ein Flittchen im Billig-Nerz,

das unsere ganze Eiscreme weggefressen hat
und dann noch alle Weinbrandbohnen frech verzehrte.
Beschwipst machte das Miststück einen Riesenaufstand,
als ich den Platz auf *meiner* Couch begehrte,

und *er* bringt mich einfach in mein Körbchen
am anderen Ende der Auslegware,
und sie sagt: »O mein Gott, hier ist
ja wirklich *alles* voller Hundehaare!«

(Also mein Herrchen ist wirklich ein Idiot,
das muss ich jetzt mal sagen, so frei Schnauze,
normalerweise hat er 'n bisschen was im Kopp,
aber heute hängt der ganze Grips unter seiner Plauze.)

Sie lacht auch über seine dümmsten Witze
(für die meisten Flittchen wohl so 'ne Art Pflicht)
und zieht dann plötzlich die Klamotten aus,
wirft sich aufs Laken, er dämpft das Licht.

Es ist ja nicht so, dass ich die Realität verdränge,
er hatte schon andere Mädels in seinem Bett,
doch *die* Alte kapiert ja mal gar nicht, wie's hier läuft,
dass ich *immer* da liege, denn unterm Bett ist's nett!

Ich mag es nicht, herumgeschubst zu werden,
und steh auch nicht auf finstre Blicke,
sie sagt, ich hätt' nach ihr geschnappt,
hab aber nur geknurrt: »Hau ab, du blöde Zicke!«

Ich bin absolut nicht prüde und verklemmt
(und würd' es ihm beweisen, wenn ich dürfte),
doch seh ich keinen Grund, warum sie nicht
den Tag verflucht, an dem sie Weinbrandbohnen schlürfte.

Ihr Kleidchen hab ich fachgerecht zerfetzt,
und meine Zähne schlag ich auch in ihre blöden Schuhe,
das Leder war recht schmackhaft und
liegt in meinem Magen nun zur letzten Ruhe.

»Wie kannst du nur mit diesem Rüpel«,
sie weint »wirf diesen Hundesohn doch raus!«
Mein Herrchen schaut zu mir und lächelt:
»*Sie* ist eine Hundetochter aus *bestem* Haus.«

– *Suzy*

Stalker

Ich kann es einfach nicht begreifen:
Bist du denn gar nicht beunruhigt von dem Mann, der uns verfolgt
schon seit unsrer alten Wohnung?
Wie nur fand er unsre Spur?

Es ist derselbe Mann, nicht wahr?
Ich kenne das dumpfe Geräusch, wenn er die Autotür zuschlägt.
Ich erkenne seinen Geruch, Klamotten reiben aneinander und
Schuhe,
dieselben Füße, schwere Schritte auf unserer Veranda.

Ja, ich spüre seine Nähe.

Aber du lässt ihn niemals rein, den großen Schatten,
und so weiß ich es nicht ganz genau.

Sag mir doch: Was will er nur von uns?

Ich knurre und grolle und kratze am Glas (den Vorhang hab ich
schon zerrissen).
Die Wut rotiert in meinem Bauch, will raus zu ihm, und du?

Viel zu sorglos tänzelst du die Treppe runter und
nimmst, was er in *unser* Haus dir ungefragt …
Ich hörte das Rascheln des Papiers unterm Holz der Tür.
Du wirfst nur einen Blick auf diesen Brief, dann zerreißt du ihn,
so wie ich *ihn* zerreißen werde in der Luft, wenn ich ihn zu fassen
kriege,
vielleicht schon morgen!

– *Jazz*

Knittelvers eines Hundes

Ein Teil von mir verschwunden.
Ich wachte auf verwundet.
Ein Teil von mir verschwunden.
Ich suchte tief im Fell.

Ich schaut' in jede Ecke
Und sprang auf jeden Stuhl.
Doch Teil von mir verschwunden.
Ich suchte so, doch nichts.

Ich kann das nicht verstehen.
Zuvor ich war so stark.
Doch jetzt bin ich gealtert.
Jung noch, aber alt.

Hungrig bin ich wie zuvor,
Schnüffle Tag und Nacht.
Doch bin nicht mehr derselbe,
Fühl mich zerrissen, klein und leer.

Ich fürcht', dass ich vergesse,
Wie wild ich einmal war.
Denn jetzt bin ich so friedlich,
Wenn läufig läuft (verführerisch!) die Kleine von nebenan.

Vielleicht bin ich jetzt menschlich.
Denn menschlich scheint es mir,
Dies Suchen, Schauen, Sehnen
Nach dem, was fern und längst verlorn.

– *Snowball*

Wenn sie einen Deppen suchen

(Labrador, 60 Kilo)

Was?
Was?
Was?
Da komm ich nicht mehr hinterher …

Ich bin ein Schnüffler ohne heiße Spur.
Auch wenn ich nichts begreife, bin ich anschmiegsam.
Aber sie sind verärgert, scheint es.
Ich schleiche die Treppen hoch. Aber sie folgen mir.
Ich verstecke mich in dunklen Ecken.
Alles gerät außer Kontrolle.
Und dann singen sie, grölen ihre Lieder.
Ich liege reglos auf dem Boden.

Und dann sind sie endlich weg. Fremde in der Nacht.
Doch, verdammt, sie kommen wieder.
Ihr Gepäck vor unsrer Tür.
Yesterday, all my troubles … Stinktiere. Da draußen.

Ich will schlafen. Bin total erledigt.
'n blöder Keks. Und dann kraulen sie mich hinter
  meinen Ohren.
Da woll'n sie was von mir.
Schwenken was vor meiner Nase. 'n Keks?
Nee, nix Richtiges zu fressen.

Verarscht. Bin ich denn 'ne Ballhupe? 'n Knallkopp?
Mit mir kann man's ja ...
Brett vorm Kopp ...
Birch heißt Birke: Hahaha!
Ja, ja, ich heiße wie 'n Baum. Aber manchmal nennen sie mich:
Lauf!
Und manchmal nennen sie mich:
Böse!

Und sie lachen laut im Haus. Wollen anderen Unfug machen.
Ich gähne erleichtert. Schlecke über meine Pfoten.
Höre, wie sie meinen Namen rufen, wieder und wieder.
Schaue tief in ihre weißen Augen:
Notfallmodus. Und ihre Stimmen wie aus einem fremden
Universum.

– *Birch*

Und dann die Pfoten zum Himmel …

Meine knöcherne Uhr tickt.
Der Tag wird kommen.
Bald. Ich werde dann wohl in die Hölle gehen müssen …

Hölle! Was ist das nur?,
von dem sie sprechen
mit solchem Schrecken
nach dem Bibelkreis für Freunde frommen Lebens,
wie sie flüstern dann beim Wein.

Hölle!
(Hitze, ewiges Feuer, ewige Dunkelheit, ewige Kälte … Was denn nu?
Ich blick nich mehr durch, sie reden durcheinander, Jesus, Satan …
Kommen die auch noch zu Besuch?)
Hölle!
(Wer da wohl wohnt?)
Ich muss an die gefährlichen Huskys denken,
an *einen* großen, starken Husky hoch aus dem Norden
mit hellen Augen und heißem Atem.
Sein Bauch ist weiß und weich wie Schnee.

Nicht erwähnenswert (für meine Höllen-WG) sind
Macho-Boxer,
Standard-Pudel,
Collies, Chow-Chows,
Airdaleterrier, die ihr Leben lang vom Fliegen träumen,
Deutsche Schäferhunde,
jede Menge Labradors.

Und vor Rottweilern hab ich gleich mal gar keine Angst!

Hölle!
In meinen Träumen passieren dort Wunder.
Elf blutjunge Hunde,
vielleicht auch zwei, drei mehr!
Und ich werde liegen auf einer Decke im Schatten
der Bäume, und sie werden mich bedienen und verwöhnen.
Je mehr ich verlange,
desto schneller werden meine Wünsche erfüllt
immerdar.

Ach, meine Hölle!
Doch sie verstehen mein Hoffen ganz und gar nicht,
wollen wahrscheinlich, dass ich nur sie allein liebe.
Nur sie!
(Keine Hunde, keine Höllenhunde!)

Ich werde wohl in ihrer ganz privaten Hölle
ein Schaufensterhund bei Jack Wolfskin.
Und werde mit ihnen spazieren gehen
(zwischen Bibelstunden und Rotwein)
entlang ihrer langweiligen mittleren Jahre
(vielleicht mal eine kleine Midlife-Crisis).
Ich werde Stöcke und Bälle jagen
und viele Hände lecken.
Aber ach: Dort gibt es keinen großen Husky
unter dem bleichen Mond.

— *Gracie*

Buddy

Ich stehe hier, ich kann nicht anders, Herrchen,

wie der berühmte Gottesmann
Und immer noch und immer noch, so steh ich vor dir,
Herrchen,
Stehe hier und warte, bewege leicht den … Schwanz.

Ich stups dich an mit der Nase, denn weißt du, er … und
ich und … uhhh.

Es ist nicht leicht zu wühlen in Erde, Worten, Wohnung,
versteh doch …
Und jetzt einfach freiheraus, mein dunkler Kopf wird
rot:

Im All, auch Sterne ziehen Schweife.
Und ich tänzle auf dem Teppich, jetzt siehst du's doch
und bist du nun zufrieden, reib schamlos mich an deinem Bein,
und musst es sehen, dass ich die Sterne gießen muss. Nein?

Mein liebes treues Herrchen, ich muss PISSEN.
Es treibt mir Tränen überall!

Ein Hydrant, die Dusche, Feuerwehr und Dauerregen, ach, ich kann
nicht mehr!

O Neptun, schütze dich! Poseidons Schatten wird dich trocken
halten,
und ich entflieh nach draußen, halt mir die Tür weit auf, der
Garten … uhhhh.

– *Buddy*

Der Hund, der Sturm, das Haus

In manchen düstren Winkeln werden Schatten immer dunkler,
im Haus wie alte Äste bebend, wenn ein Sturm vorbeizieht und
seine Urgewalt entlädt, so warte ich auf *ihn*.
Obwohl ich oft versprochen habe, mich zu bessern,
grub ich mich doch durch seine frisch gewaschenen Socken,
versuchte den Teppich zum Fliegen zu bringen, Morgen- und
 Abendland,
zerfetzte Papier und Textil, warf den Mülleimer um und wühlte.
Die Katze, die mich stets anspornt, schleicht selbstzufrieden und
geschmeidig durch die Trümmer, die ich verstecken möchte, aber wie?
Ihr Schwanz steht hoch und windet sich wie eine Schlange.
Wie jedes Mal kommt nach Zerstörungswut Verzweiflung,
und draußen reiten schwarze Stare immer weiter mit dem Wind.
Das kalte Regenwasser läuft gurgelnd durch die Rinne unterm Dach,
während ich immer tiefer in die Schatten sinke und zitternd warte.

– *Virgil*

Drogenmissbrauch

Neben der Spur

(Ein Hund unter Einfluss)

Der Boden schwankt. Ich muss Ihm dringend sagen,
dass das Haus kaputt ist. Aber im Moment hab ich ganz andre Sorgen,
weil der Boden schwankt. Zweimal schon haben sich die Wände
jetzt verschoben. Ich muss Ihn ganz schnell warnen,
vor Boden, Wänden und auch vor diesem Riesenfleck
Avocado-Dip auf Seinem Hosenbein, wird nämlich immer größer.
Aber es ist nicht leicht, voran- und hin zu Ihm zu kommen,
wenn unter deinen Pfoten sich der Boden krümmt,
und vorhin, jetzt und gerade – kaum zu glauben! –
steht mein Alter sechsmal da! Schwer, sich zu entscheiden, und Sein
Geruch
sechstausendmal so stark wie sonst in meiner Nase,
so würzig wie der herrlich feuchte Boden des Mülleimers,
an dem ich, wenn ich einst im Himmel bin, für immer schnüffeln
werde.
Mein Kopf und meine lange Schnute versinken plötzlich tief im Flur,
und ich verliere völlig den Sichtkontakt zu Ihm, aber nicht
die Fährte Seiner Ausdünstung, die ist wölfisch, hündisch, herrlich,
bringt mich direkt zu Seinen Füßen, und ich brumme weise:
»Chef, der Boden schwankt, die Wohnung ist kaputt!«, aber seltsam,
meine Zunge
verheddert sich an meiner Pfote, gibt's das?, und Er lacht und
schiebt mich
einfach durch die Hintertür; und draußen fall ich sofort um,
weil auch dort der Boden stetig schwankt, so wie drinnen,
und ich muss Ihm dringend sagen, dass die ganze Welt nicht
funktioniert.

Die Luft, die helle, schöne Luft ist voller Katzen und Sirenen,
   Geräusche und Gerüche.
Ich brauche dringend was zu fressen, dann werd ich Feuerfliegen
   fangen.
Wribbel, wribbel. Da huschen sie schon über meine Nase,
wollen zu den Fenstern rein. Wribbel. Wribbel, wribbel.

– *Stickerdog*

Die Blumen des Bösen

(Meine Lady M)

Ach, wie lieb ich mein Blumenmädchen,
kein andrer Hund hat so 'n prima Blumenmädchen
toll, die Frau!, echt
da lässt sie mich ins Bett, jawoll!, da kann ich auch mal naschen
von ihren lecker Keksen, mmmh, Keeekse! O NEIN,
das ist ein Haschmisch-Haschkeks, o mein Gott, ich werde high
und *sie* schaut auch schon ganz verdreht zu mir
mit ihrer schönen weichen Haut, schöööne Beine, glatt und endlos,
ich möcht an ihre Mmmm... Muskatnuss, an ihre Marilyn ... blumig!
Sie lacht mich aus, gibt's denn so was, da lacht sie über mich
dann fängt sie an zu kotzen, quer durchs Zimmer, siehste, wer lacht nu?
Har har har, du Blumenferkel!, o Mist, jetzt kotz ich selbst
und sie sagt, da wär auch LSD in diesen Mörderkeksen.
Und ER lacht irgendwo
bin ich dann draußen, weil ich ihn beißen will, den BOYfreund
den ich hasse
ihren BOYfreund irgendwie
bin ich dann draußen irgendwo
drinnen in den Keksen jede Menge LSD
durchhalten abschalten, nee, durchhalten,
bitte lass mich wieder rein mein liebstes Blumenmädchen
ich schwebe auf den Blüten eines wirklich bösen Trips.
Bitte! ABGEFAHREN Bitte Bitte! ABGE
Bevor ich anfang Müll zu fressen
ich Autoreifen knabbere am ende
Bevor ich zu Pepe rüberflitze und
ihn zeitlos nerve mit meinem LSDverstärkten Bellen
WAU-Jup-Wau-Jep-Wau-Wau. Har Har PepepepepeOoooh
Scheiße! Pepeboy hängt nicht an seiner Kette heute!
SpeedySpeedy! gib AllesGonzales – schnell zurück zur Tür – BITTE
mein Mädchen, ich will in unsern Turm rapunzeln!
Da neigt sie ihren Kopf herunter und lässt mich ein o GOTT SEI
DANK

was für ein prima Blumenmädchen hab ich doch
ihr BOYfreund ist hinüber, sagt er, kann sich gar nicht um mich
kümmern
weil, sagt er, LSD
im Keks und in der Rübe
LSD von nebenan (guuute Nachbarn kann niemand trennen …)
Und sie will nur schnell ins Krankenhaus.
Das geht von ganz allein weg, sagt er, nur 'ne Minute, nur –
Maulsperre. Uns allen hängt der Kiefer runter, obwohl wir uns
zerfleischen könnten
mein ganzes Maul ist schief wie bei der Grinsekatze, das ist schlimmer
als die meskalingefüllte Schokolade letzten Samstag die
machte mich so blumig auf mein Mädchen, begeilen
wollt ich meine Schöne zartbitter
die wochentags schon rrrrassig sexy ist,
aber Samstagabend, Meskalin, ein Vamp!
O GOTT WIE HASSE ICH DAS KLAPPERN MEINES
EISENKRAGENS
(ein Keuschheitsgürtel um den Hals – kalte Bänder um mein Herz –
Heinerich, der Wagen bricht!)
BITTE BEFREIE MICH BITTE ERHÖRE MICH, WO GEHST DU
HIN MEIN BLUMENMÄDCHEN
Dein BOYfreund will, dass du die Doors auflegst und klinkst
dich aus mit Jimbo Morrisson auf Acid, bitte nicht die Stimme *dieses*
Mannes, nicht auf LSD! Bitte! Ich drehe DURCHHALTEN ich
beiße! COOL BLEIBEN
Nur ganz kurz hinlegen, nur ganz kurz Augen zu, nur ein bisschen …
O NEIN ich sehe Pepes dumme Gusche, einmal zweimal tausendmal
dann einen Riesenfuttertrog ganz kahl, der hat die Räude
und dann Dosen Dosen Dosen Skippy Dog Canned Heat Hippy Dog
trudeln in Rudeln, ich bin im Auge des Orkans.
Vergiss Skippy
Vergiss Pepe
Mach dich locker, denk an … Mmmmhhh
Muskatnuss, Marilyn, mein buntes Mädchen
will mich halten, will sich an mir reiben, will mein Mädchen sein
Komm du Guter, komm du braver Hund!

Schmeiß ihn aus dem Bett, ruft ihr BOYfreund, ruft diese Missgeburt
Schmeiß ihn raus ich dreh DURCHHALTEN
Das ist ganz übler Stoff, sagt das Blumengirl mit ihren großen Augen,
ich muss ihn ganz fest halten damit er sich nicht durch den Wolf dreht ich
dreh mich lieber zu dir meine zärtlichste Versuchung zartbitter Meskalin
Und wenn ihre Finger ganz langsam tief unter mein Fell
Und wenn ihre Finger ganz langsam das störende Halsband
bin ich selig und glücklich
und knabbere an ihren Fingern.
MissgeBOY sagt, dass er mich hasst
und immer hasste
sagt das und beginnt zu beichten
Laber-Flash.
Und ich schau in ihre großen grünen Augen
die immer grüner größer werden.

Später dann. Er ist endlich weg.
Mein Blumenmädchen nennt ihn weinend eine Schwuchtel, schwule Bulette.
Und dann weint sie mir das Fell nass und
ich streichle ihr Gesicht mit meiner Zunge.
Wir kommen langsam runter.
Der Kiefer schmerzt, der Mund ist ausgetrocknet
und irgendwann fällt sie in einen tiefen Schlaf, und später fall ich hinterher.
Und irgendwo
und anders schläft die schwule Bulette sicher auch.
Ich danke dir, aus tiefstem Hundeherzen!
Ich danke dir für die Gerechtigkeit der Drogen!
Kekse, die dich beichten ließen, alles raus alles raus Acid-Queen.
Du hast nicht nur Vicky gefickt
und Stacy
und Angie
aber weißt nicht mal genau, ob du überhaupt auf Mädels stehst

ich steh auf Mädels
Danke BOYfreund danke Mister Bulette
nun bleibst du für immer da draußen irgendwo.
Und ich liebe mein mmmmhhh Blumenmädchen, liebe mein
Frauchen
frech und hübsch o Gott wie ich sie
und von allen Hunden
die ich kenne
lieb ich meine undsoweiter
immerweiter
Himmelsleiter
TOP

— *Bob Barker*

Rosies Rosen

Die Füße und den Hintermund. Ach, die liebe ich,
die Füße. Seinen Hintermund, dieses so hübsch
versteckte Löchlein,
liebe ich am allermeisten.
Und auch seinen Dingus, seinen Wuutz,
mit dem er sein Püppchen bespringt. (Also das
sieht schon etwas seltsam aus, aber sehr, seeehr
interessant!)
Denn dann riecht sein Dingus
einfach himmlisch, wahrlich würzig,
herrlich unanständig (*geil* würde sein Püppchen sagen, denk ich,
mhmmm!),
aber bei weitem nicht so verführerisch wie sein Hintermund
(Arschloch? Nee. Poloch? Nee. Sein Hintermund! Mhmmm ...).
Nichts ist so großartig wie sein Arschloch. *Uuups!*
Aber sein Pimmel-Wuutz ist auch allererste Sahne,
und, so scheint es mir zumindest,
er ist mächtig stolz auf ihn, will ihn
abgeschnüffelt haben,
aber schimpft und scheucht mich weg.
Selbstverständlich! lieb ich seinen Dingus,
möcht mich auf ihn legen, auf ihm wälzen
– wer möcht' das nicht? –, aber noch verlockender
sein Hinterlöchlein, dieser dunkle Mund, so voll,
so voll von herben Düften, geheimnisvollen Wundern tief im
Unterholz,
fast wie uns Hunden dunkle Rose, fast
wie die kleine Uferstelle hinterm Haus am Fluss,
wo ich Purzelbäume schlug über einem
schillernden Fisch, gestrandet, im letzten August
– Gott, was für ein Parfüm, gereift in Zeit und Sonne! –,

aber zu Hause wurd ich gewaschen und begossen wie ein Pudel und
schlich doch jeden Tag zum Fluss, der Fisch verschwunden, aber
Hoffnung auf zumindest eine kleine Spur für meine Nase
und wälzt' und grub mich förmlich in den leeren Grund,
wie ich mich wälzen, graben will in seinen Hintern, diesen Fisch und
Mund.
Aber ich versteh's nicht, er schämt sich, schiebt mich immer weg,
doch kein Weg führt vorbei an seinem fantastischen Ärschlein,
und ALLE Hintermunde will ich küssen! Ein Mahlstrom voll
duftender Fische,
JA, JA, WUNDERBAR!

– *Rosie*

Ein Hoch auf den Koch

Eine lange Leine aus köstlich dampfenden Gerüchen
zieht mich direkt zu dir,
und ich starre auf den Herd und in den Topf und auf die Pilze,
die dort brodeln im eigenen Sud, verführerisch erdig,
unwiderstehlich
wie das stinkende Aas, das ich in meinen Träumen schlürfe.
Wie mit tausend unsichtbaren Zungen berühren
mich Aromen tief vom Boden, den wie ein nahrhafter Ölteppich
winzige Essensreste, Schlieren und Krümel bedecken, und über dem
Hauch
der Verwesung ein Duft nach Tafelwein, einst
ein guter Tropfen, schwer und fruchtig, jetzt
ein rotes Frostschutzmittel. Dazu ein schimmeliges Schnitzel,
gereift im Schmuddelkübel, serviert im Madenmantel.
Kalter Kaffee, auf dem grüne Inseln schwimmen,
mahlt stechend sich durchs Riechorgan ins Hirn,
und betörende Düfte lösen sich von deiner Hand wie
alte Haut, als du auf die Knie gehst, mich streichelst –
ein Rest der Suppe, die du vorgekostet hast, tropft
zäh von deinen Lippen, das Zen der
Knochblauchzehen. Ein verwirrendes, liebliches
Labyrinth der Fäulnis
entwächst deinem Atem,
als du meinen Namen rufst.
Ich spitze meine Nase – ein Hoch auf den Koch! –
und erschnüffle auch deine einzigartigen Weichteile …
Was für ein Bankett der Mikroben!

– *Zachary*

Gerettet

Der alte Windhund (II)

Mich ganz dicht an dich drängen, mein müder Kopf
sucht deine Hand, dein Fuß
stolpert zurück vor meiner Wucht.
Ich hatte fast vergessen, was das für dich bedeutet – die raue
Stimme dieses Mannes, ich zittere jetzt noch und fürchte
jedes Mal erhobne Hände –, doch nur *fast* vergessen.
Selbst wenn ich weit, weit weg wär', meine kaum
verheilten alten Knochen spürten all das immer wieder,

und die Narben rund um deine Augen erzählen dunkel, still
und unaufhörlich, Momente, Dinge, groß und unergründlich
wie ein aufgerissnes Maul, die kalte
Angst eines Kindes.
Das wird für immer unter unsrer Haut sein, unser Schmerz
und unser qualvolles Erinnern, aber hier
auf diesem Hof mit dem weiten Blick ins Land, Libellen
trudeln schwirrend um uns, können wir aneinander
ruhen und uns empfinden, uns, du und ich, als zwei
ganz besondere Wesen.

– Julio

An deine Schulter

Du bliebst stehen
und blicktest in meinen Käfig.
Ich versuchte, es richtig zu machen,
deine Augen schmeichelnd einzufangen
mit einem scheuen Leuchten in den meinen.
Ein weiches Bellen,
das »Nimm *mich* mit« flüstert,
nach Hundeart ein Eckzahn zeigt.
Ich hoffte so, dass du verstehst.

Doch dein Gesicht zeigte mir nichts
(vielleicht ein wenig Mitleid),
das mich glauben ließ,
du wolltest immer schon
einen kleinen Kerl wie mich.

Du drehtest dich einmal um,
zweimal,
und immer wieder, hundertmal,
kamst und gingst,
Käfig hin, Käfig her.
(Kamst und gingst,
so wie du's jetzt machst
zehnmal am Tag.)
Und dann verschwandest du.

Ich hätt' es nicht mehr durchgestanden, einen weitren Tag
der Fremden, die durch die Gitter starren
und weitergehen zu den jüngren Hunden, die
viel zu naiv sind für diesen seltsamen
Blick der Sehnsucht,
den ich nicht aus meinen alten Augen vertreiben konnte.

Ich hätt' es nicht mehr durchgestanden, eine weitere Nacht
allein an diesem kalten Ort,
                    der geborstene Zement auf dem Boden,
                    das Jaulen und Klagen, das mir den Schlaf raubt.
(Weißt du, dass ich diese endlosen Lieder immer noch höre, Nacht für Nacht, wenn ich in deinem Bett schlafe und du mich hart aus meinen Träumen reißt?)

Doch dann warst du plötzlich wieder da.
Ich sah, wie du auf das Schild blicktest,
dort an der Käfigtür –
                ein fremder Name, der Tag der Ankunft,
sonst nichts.
                Kein Alter, keine Herkunft,
                nichts,
was dir Sicherheiten geben könnte,
dass ich immer bei dir bleibe
und dich niemals verlasse.

Du drücktest dein Gesicht ans Gitter,
schobst deine Hand zwischen den Stäben durch,
                  blinzeltest im Sonnenlicht.
(Keiner von uns beiden sah besonders jugendfrisch
aus an diesem Vormittag, Frühlingslicht.
Dennoch taten wir so …)

Ich streckte eine Pfote
zögernd in die Luft,
doch schaute zur Seite,
wollte nicht, dass du meinen Eifer siehst,
                  aber suchte
einen Weg, um dir zu zeigen,
dass ich ein guter Hund sein werde
und wie gern ich bei dir bleiben möchte.
(Ein Hund ist nur ein halber Hundemensch
ohne Herrchen oder Frauchen.
Unvollendet, eine halbe Seele.)

Ich konnte mich nicht rühren
und brachte keinen Laut heraus,
doch dann hocktest du dich vor mich
und berührtest mit zwei Fingern mein Fell.

Da riss es mich zu Boden
(ich konnte nichts dagegen tun),
und mein Körper zeigte dir meine Gefühle.
Ich lag auf dem Rücken, die Augen geschlossen,
den Hals gebogen, ungeschützt,
die Beine ruderten in der Luft.
»Bitte«, sagte ich so, »ach bitte,
nimm mich mit. Nimm mich doch mit.«

– *Scout*

Verlaufen

Es ist dunkel, ein wenig neblig, als ich zum ersten Mal
das sehe, was sie *Schnee* nennen. Ich mache einen Satz und
stoße an Draht – eine ziemlich durchsichtige Masche! Ich
stürze,
mache wieder einen Satz, ich belle. Hoch, runter, belle
lauter.
Und genau da sah ich sie zum ersten Mal, die große Hover
(die ich die Luftseglerin taufte),
die das, was Menschen Zärtlichkeiten nennen, mit
meinen Ohren machte,
weißer Schneestern, schwarze Seide, weich wie Gras im
Sommerwind. Und wir wanderten – so nannte sie es –,
wanderten in den kalten, dunklen Wintermorgen. Ihre
Traurigkeit,
geheimnisvoll, ich konnte sie fühlen.

Rennen! Schnüffeln! Schneeflocken niesen! Endlich frei! Hover
lacht. Sich wälzen! Tanzen! Schau, das Eichhörnchen auf dem Baum!
Hover ist ein wenig ängstlich, weil ich losflitze. Rüssel überm Boden.
Stinktier-Geruch und das lustige Eichhörnchen, ich springe den
Baum an,
Pfoten in die Rinde, dann zurück auf die Straße im Galopp. Schatten
im Nebel, das Knacken des Eises, Schnee fällt wieder.
Die Luftseglerin gleitet, ich renne. Wenn wir reden könnten
miteinander,
ich würde ihr erzählen, wie ich alles verlor, was ich einst hatte.
Als der Truck kam und ich rannte. Angst, tiefe Wälder, keine
Mutter –
der Geruch böser Wiesel! Hirsche! –, keine Schwester, kein Bruder

in dieser endlosen Ebene, und unser blaues Auto tauchte nicht auf.
Popcorn, Big Mac, Kindergeruch, Rauch,
das alles ist verloren, ich wusste es, als die *Nacht* mich packte
und mich in Draht und Stahl zu anderen Hunden brachte –

ich roch die Furcht, die Hoffnung auf den großen Sprung in die
Freiheit.
In Angst geschlungenes Fressen unterm Draht, Tag für Tag.
Bevor mich Hover wollte und das Tor sich öffnete,
sah ich mich als grauen Hundeopa, der zahnlos schnarcht,
im Käfig sitzt auf seinen alten Hinterbacken. Wir wandern,
es klingt wie ein Lied, wenn sie redet, in mir – O GOTT,

das wütende Knurren eines Trucks. Benzingeruch, Schwefel,
das Flackern irrer Augen, an – aus – an, die riesige Metallschnauze
gräbt sich voller Zorn durch Eis und Schnee. In meiner Angst
höre ich nichts anderes mehr. Hovers Füße werden immer schneller,
aber ich bin schon längst weg. Schreckliches Kreischen,
Brüllen zerschneidet die Welt hinter meinen schwarzen Pfoten.
Wege des Wahnsinns, Käfige, die Nähe der Nacht, das Grauen,
der Geruch nach Kojoten und Luchsen. Zum ersten Mal
spüre ich die Kälte des Schnees. Weit weg
weint Hover. Meine schnellen Pfoten vergessen sie.

Der Wald ist in meiner Nase, der Schnee und auch die Spuren der
Hirsche,
sogar die Wölfe kann ich wittern. Etwas treibt mich immer weiter
weg von meinen langen Jahren der Vergangenheit, meine Urhunde
oder ein vergessnes Wissen. Unterm Mond die Kreise der Fresser,
Flammen rußen, Rauch und Knochen, und wir tanzen.
Fleisch kriecht mit uns zum Feuer,
unsere Zähne hell in der strahlenden Dunkelheit.
All das ruft mich in der Nacht, bis ich
mich an deine Lieder erinnere, Hover, Luftseglerin.
Ihr Geruch ist jetzt mit mir allein.

– *Brussels*

Rustys Ruhe

Ich bin Rusty.
Ich war Gordons Hund, vierzehn lange Jahre,
bis er in jenem Sommer verreiste
ohne mich, zum See in den Bergen, ein Schulausflug.
Und als er weg war,
kamen seine Mutti und sein Vater
und reisten
weit
fort
mit
mir.
Sie wollten nicht,
dass er sieht,
wie die Natur uns endet.
Obwohl sie anders über diese Dinge sprachen.
Und es war nicht ganz natürlich,
sie haben es beschlossen. Ist das auch Natur?
Aber ich denke,
es war nur eine Abkürzung auf unserem Weg.
Und wenn wir schon von dieser Reise sprechen:
Ich war ein Welsh Terrier
und erfreute mich in meinen alten Tagen
einer letzten Sicherheit:
Ein tiefer, klarer See, in den ich schaute,
so war meine Freundschaft
mit Gordon –
eine ganz große Sache!
Man könnte sogar sagen,
ich war,
also in der Zeit, in der ich war,
eins mit seinem Leben und
seines eins mit meinem, wie eine schöne Melodie.

Er war erfüllt davon, von mir,
das schien perfekt, kein Rumgeeier
zuliebe eines alten, schiefen, krummen, dummen Hundes,
der einsam liegt und klagt
über einen weiteren beschissenen Beweis
der naturgegebenen Gemeinheit
eines ausgewachsenen Menschen!
Nur gute Zeit vor meiner
Ruhe.

– *Rusty*

Die Odyssee

(Ein Auszug)

I

Wir sind Hunde. Wir sind immer schon Hunde gewesen. Einst setzten uns charakterlose und zurückgebliebene *Vor-ihm-Menschen* an einer Landstraße drüben in Mississippi aus.
Anfangs waren wir zu dritt. Drei Damen. Wir müssen damals schon sehr stark gewesen sein.
Unsere jüngste Schwester wurde von einem großen Truck erwischt, der einfach weiterfuhr.
Wir blieben bei ihr am Straßenrand, und sahen, dass sie es nicht schaffen würde.
Wir wussten nicht, wohin. Auf uns wartete niemand. Am nächsten oder übernächsten Tag, wir hatten kein Gefühl für die Zeit in unserer Trauer, kam *sein* Truck die Straße langgerumpelt. Wurde langsamer.
Ein alte, rostige lehmfarbene Karre.
Es war Frühling, und er fuhr langsam, um nicht die kleinen Schildkröten zu überfahren, die um diese Zeit überall aus der Erde kriechen.
Wir hatten die Räude und Würmer und Flöhe und jede Menge andere Kinderkrankheiten, und deswegen, so denke ich, haben uns diese Menschen, deren Gesichter ich für alle Zeiten vergessen habe und vergessen werde, einfach dort zurückgelassen. Vielleicht hatten sie ja genug eigene Kinder, um die sie sich sorgten, oder vielleicht ...
Er fuhr vorbei, machte einen Bogen um unsere tote Schwester herum, und da sprangen wir auf und rannten bellend die Straße runter, etwas wackelig auf unseren kleinen hungrigen Beinen. Bei keinem anderen Auto haben wir uns das getraut. Und ich weiß auch nicht genau, warum wir's uns plötzlich bei ihm trauten.
Er war ein schwacher älterer Mann (so schien's uns zumindest) und hatte noch nie zuvor in seinem Leben einen Hund gehabt.
Er ging, wohin er ging.

Ob wir gewusst haben, dass er schwach war, als wir ihm nachjagten? Es ist schwer zu verstehen.

Er schaute in den Spiegel und sah Ann, die kleine dicke Ann,
wie sie aus dem Unkraut am Straßenrand kroch und ihm hinterher-
rannte.
Leichtsinnige Ann.
Er hielt den Wagen an und fuhr zurück.
Er war ein Weltverbesserer, ein guter Mensch, das muss ich sagen.
Damals dachte ich, er wolle uns ins Tierheim bringen,
ein Ort, den jeder Hund tief in seinem Herzen kennt.
Ich sprang auch aus dem Unkraut und
rannte die Straße runter, immer Annie hinterher,
und bellte und bat sie zurückzukommen, damit wir auf einen Besseren
warten könnten.
Wir wohnten in einem alten, heruntergekommenen Haus,
das grau- und braunscheckig wie der Hals eines Bussards war.
Das Haus lag versteckt hinter den dichten grünen Unkrautbüschen
und stand auf vier Holzpfählen,
damit die Schlangen und Wildkatzen und Nagetiere
darunter durchhuschen konnten.

Wir wohnten hinten auf der Südseite des Gebäudes,
in einem Raum, der früher mal die Küche gewesen war.
Wenn wir ins Bad wollten, tapsten wir durchs Schlafzimmer
und über einen Teppich aus alten Zeitungen und Magazinen.
Es war ein ziemlich großes Haus, alle Türen und Fenster
waren kaputt, und wenn der Wind hindurchpfiff oder
es draußen stürmte, schien es uns, als wären wir auf einem Schiff auf
hoher See, obwohl wir nichts
von Schiffen und der hohen See verstanden.
Als er Ann damals an dieser Straße hochhob und in seinen Händen hielt,
rollte sie sich in plötzlicher Freude auf den Rücken und begann
zu pieseln, und deshalb wurde sie später meistens Piesel-Ann genannt;
ein kleiner goldener Springbrunnen in der Frühlingssonne
in Mississippi,
ein Pieseln des Glücks.
Der Mann hatte ja, so alt er auch war, noch nicht mal einen Hund *berührt*
und wusste überhaupt nicht, was er machen sollte. Er stand einfach

nur da und hielt sie in seinen Händen und wartete, dass die Pieselei endlich aufhörte.
Ich bellte schrill und wild, ein kleiner Hundefurz, schnappte nach seinen Knöcheln.
Wollte, dass er sie mir zurückgibt.
Aber er versuchte, während er Annie mit nur einer Hand hielt, auch mich hochzuheben, aber es gelang ihm nicht, weil ich hippelte und zappelte und kläffte, obwohl ich von Natur aus eigentlich gar kein Kläffer bin.
Ich bin ein Hund.
Er brachte Ann zu seinem Lieferwagen, setzte
sie vorsichtig auf den schrecklich zugemüllten Boden,
dann kam er zu mir zurück.
Ich rannte, so schnell ich konnte, ins Unkraut und versteckte mich.
Er lief weiter in meine Richtung und kroch unter dem rostigen Stacheldrahtzaun durch,
wickelte sein T-Shirt um diese Dornen
– ein gutes Herz, dachte ich sofort und begutachtete ihn das erste Mal in meinen Gedanken,
meiner Seele.
Ich rannte die Stufen hoch, in das alte, verrottete Wohnhaus.
Er war immer noch hinter mir. Ich versteckte mich einer kühlen, halb kaputten Kloschüssel.

Die Hintertür hing aufgerissen in den Angeln, vielleicht
ein Hurrikan oder
ein Tornado oder
einer von diesen anderen tausend üblen Gesellen,
die durch die Wälder am Mississippi wüten.
Besonders gerissen ist er nicht. Er suchte sehr schnell
durchs ganze Haus,
dachte wohl, ich würde genau zuhören: »Beide zusammen wäre doch schön,
sie sollten wirklich nicht getrennt werden.«

Als er in das Zimmer kam,
dessen Tür sperrangelweit offen stand,
glaubte er wirklich, ich sei dort raus und über die Veranda

ins Gestrüpp hinterm Haus und weiter in die leere Ferne gerannt.
Er hat mich ganz schön unterschätzt.
Er hatte das nicht von mir erwartet.
Und so hat er mich abgeschrieben, während ich im Klo lag.
Aber lieben tue ich ihn doch …

Er ging also zu seinem Lieferwagen zurück, dieser hässlichen Todesfalle.
Ich konnte ihn sogar denken hören: »Immerhin habe ich einen gerettet.«
Ich konnte hören, wie er dachte: »Der andere wäre eh viel zu wild gewesen.«
Und dann hörte ich ihn wegfahren.
Ich fühlte eine schreckliche und unbeschreibliche Einsamkeit, als er fort war.
Er und Ann.
Die Wälder und die Schatten um mich herum wuchsen.
Alles Licht schien plötzlich aus dem alten Haus herausgesaugt worden zu sein,
und die Luft wurde kühl.

Ich kroch unter den Zeitungen zur Tür
und lief rüber zur Straße, zu meiner anderen Schwester, der einzigen, die dort ausgeharrt hatte
und auch jetzt noch still dort lag. Er hatte sie nicht mitgenommen.
Ich saß also da und hab die Bussarde vertrieben und wartete, obwohl ich nicht wusste, worauf.
Nach einer Weile, seltsam das, konnte ich ihn wieder denken hören, vielleicht fünf oder sechs Meilen entfernt, immer noch auf dieser Straße.
Er fühlte sich schuldig,
dachte: »Ich hab's nicht lange genug versucht.«
Jetzt sah er plötzlich die schreckliche Konsequenz;
er hatte mir Ann weggenommen!
Das setzte ihm doch ziemlich zu.
Und so fuhr er zurück.
Als er um die Kurve kam, rannte ich zu seinem Truck, bellend,
und als er dann ausstieg, zum zweiten Mal an diesem Tag,
rannte ich wieder zum Zaun, durchs Unkraut
zurück zur Hütte – aber dieses Mal wollte ich, dass er mich kriegt.

Aber er ist nicht besonders helle. Machte erneut denselben Fehler.
Lief zu derselben Tür, zu dieser aufgerissenen,
und starrte ins Gewirr der Büsche.
Dachte, dass ich wohl der Wildeste unter tausend bin,
und ging. Wieder.

Jetzt flatterte mein Hundeherz.
Ich raste zurück zur Straße,
kurz bevor er hinter der Kurve verschwand,
aber er sah mich nicht!
Er war damit beschäftigt, auf Annie zu achten,
die auf dem Boden lag,
sich auf dem Rücken wälzte, mit dem Schwanz wedelte
und erneut anfing zu pieseln.

Aber er kam ein drittes Mal,
sah mich wieder am Straßenrand bei meiner Schwester sitzen,
in der Nähe der dichten Büsche,
und in der Hitze flimmerte ich auf dem schwarzen Asphalt,
und er jagte mich ein weiteres Mal.
Er hatte jetzt begriffen, dass ich nicht in die Wildnis hinterm Haus verschwand,
und er durchsuchte nun gründlich jeden Raum
wie ein ein Profi-Schnüffler, und dieses Mal endlich
fand er mich unter einem Berg von Papier,
als ob das alte Haus mich neu geboren hätte und als
wären dieser Müll und diese Magazine meine Nachgeburt.
Das ist jetzt fast zehn Jahre her.
Oft frage ich mich, wie wohl alles gekommen wäre,
wenn wir bei den *Vor-ihm-Menschen* geblieben wären.
Ich glaube, dass sie Hirschjäger waren.
Wir wären nur zwei gewesen in einer Rotte von fünfzig,
hätten Hirsche gejagt, die ganze Nacht,
Geweihe in silbernen Nächten,
in Frostnächten,
immer dicht auf den Spuren dieser gewaltigen Tiere,
die stolz und wild wie die Könige der Wälder …

Nein.
Unser anderer Herr (kein Herrchen), also *der* vor *ihm*,
war charakterlos und feige und hatte ein kaltes Herz.
Er hätte uns als Köder für seine Angel benutzt.
Er hätte uns in einer Grube kämpfen lassen wie mit Klingen
präparierte Hähne.

Er nahm Ann und mich mit zu seiner Freundin, Elizabeth.
Sie fütterte uns mit gewässerter Milch aus einer Schüssel
auf der Veranda ihres Hauses,
die Kühe muhten weiter hinten auf dem Feld in einer Senke,
und blauer Dunst wehte vom Fluss herüber.
Und dann die Nacht, die Feuerfliegen, diese neue Welt.
Wir schliefen in einem großen Schuhkarton, unsere Bäuche waren
warm und voll,
rund und prall wie Trommeln, sie machten glückliche Geräusche.
Obwohl sie niemals Hunde gehabt hatten,
brachten sie uns nicht ins Tierheim.
Was weiß der Hund denn über seine Menscheneltern?

Ich bin Homer, der Alphahund.
Ich bin eine sterilisierte, aber nicht sterile Lady, und ich werde länger leben
deswegen,
ich bin der loyale, der getreue Homer-Hund,
benannt nach irgendeinem alten Typen.
Je nutzloser Annie wird, umso hilfsbereiter muss ich werden,
um ihre Schlampereien auszugleichen.
Sie stürmt direkt durch jedes Schlammloch.
Sie furzt den ganzen Tag;
ich furze nie.
Ann macht Riesenhaufen,
wo immer und wann immer es sie gerade überkommt.
Ich gehe in die Wälder
und kacke still hinter einen Baum.
Ich bin vernünftig; ich bin ergeben treu.
Wir sind Zwillinge.
Kinder sind die Einzigen, die uns auseinanderhalten können.

Sie wissen viel über uns, und wir sind gern mit ihnen unterwegs.
Ann beleckt sie ständig, schlabbert ihre Gesichter ab mit ihren feuchten Küssen,
auch wenn sie vorher auf der Weide war, um an der Kuhpisse zu naschen.
Bevorzugt überhört sie das Kommando »Nicht schlabbern!«,
und tut, als wäre sie zu blöde
zu verstehen: »Nicht furzen, bitte!«
Manchmal frage ich mich, wie denn die dritte wäre,
die nicht hier sein kann.
Ich würde sagen, es ist klar, dass ich die Nummer eins bin,
das Endziel aller Hunde, der Beste.

Er hat seinen Job aufgegeben, kurz nachdem er uns gerettet hat.
Das hat uns gut gefallen. Er war die ganze Zeit zu Hause deswegen:
wir drei.
Auf jedem Arm trug er einen von uns,
wie man einen Laib Brot trägt oder einen Football,
und wir gingen lange spazieren, wanderten
im frühlingsgrünen Licht
durch alte Scheunen, über Weiden, vorbei an dunklen Sümpfen, an Bussarden,
Fischreihern, Stinktieren; Heuwiesen.
Heiß. Es war immer heiß
in Mississippi.

Ich bin Alpha, ich bin Homer,
aber mir passieren immer so blöde Dinge.
Ann niemals, denn sie hat, obwohl oder weil sie vollkommen schamlos ist,
das unverschämte Glück eines geschmeidigen Fisches
und windet sich durch alle Widrigkeiten, unberührt.

Einmal rannte ich
und rannte schnell und rannte jung und fühlte mich stark
in meiner Schnelligkeit. Ich rannte durch eine Gruppe
von Pekannussbäumen, den Kopf hoch erhoben wollte ich

durch ihr tiefes Astwerk schlüpfen.
Doch eine steinerne Mauer war dort versteckt,
direkt zwischen den Bäumen. Mit ungefähr 90 pro Stunde krachte ich dagegen,
überschlug mich, wollte weghumpeln, brach zusammen.
Sie dachten, ich sei tot. Aber Ann leckte über mein Gesicht, belebte mich wieder.
Da waren wir noch nicht mal zwei Jahre alt.
Stundenlang lief ich im Kreis, taumelte auf schwachen Beinen, Gehirnerschütterung.
Ich erwischte diese Mauer zuerst,
weil ich schneller war als Ann, die
ein Stück hinter mir lief, und als sie sah, wie ich auf die versteckten Steine krachte,
konnte sie abbremsen und abdrehen. Immerhin hat sie mich wiederbelebt.
Ich bin mir nicht sicher, aber
ich glaube, dass ich älter bin als sie, mindestens eine Minute oder zwei.

Nachdem er seinen Job aufgegeben hatte und
nur noch mit uns auf der Farm rumhing,
nur noch schrieb, statt sich mit ehrlicher Landarbeit fit zu halten,
wurde er schnell arm,
und als die Zeit für unsere jährliche Entwurmung kam,
ging er nicht mit uns zum Tierarzt, um Geld zu sparen,
sondern nahm sich selbst der Sache an.

Er sparte zwei Dollar, indem er Pferde-Entwurmungspillen kaufte,
blaue, gelgefüllte Kapseln, groß wie terpentingefüllte Gartenschnecken.
Ich hab's zuerst versucht,
weil ich treu und ergeben bin –
und weil ich zuerst kam, als er uns rief.

Wir saßen im sonnigen Zimmer auf dem alten eisernen Bett, spät am Nachmittag.

Goldenes Licht an den Wänden. Das wäre das letzte Licht gewesen,
das ich sah,
als mir beinahe die Lichter ausgingen.
Er setzte mich aufs Bett, als wäre er ein richtiger Tierarzt und nicht
so ein
Hochstapler, als wäre das Bett ein Operationstisch. Er drückte meine
Schnauze
Richtung Himmel und versuchte, die blaue Monsterpille in meinen
Schlund
zu schieben.

Ich bekam Panik und machte den Hals dicht,
versuchte draufzubeißen,
hielt sie zwischen meinen Zähnen.
Das Zeug hatte wirklich Pferdestärke.
Ein Pferd wiegt zwölfhundert Pfund;
ich nur vierzig.
Die Terpentin-Schnecke explodierte,
und ich atmete das Zeug ein,
alles,
direkt in meine Lungen,
begann sofort zu husten.
Meine Augen, meine Ohren standen in Flammen.
Mein Schlund, mein Herz, mein ganzes Inneres
stand in Flammen.
Terpentindampf schoss aus meinen Nasenlöchern,
als wäre ich ein Drache.
Ein einziger Funke in diesem Raum hätte uns alle umgebracht.

Ich kippte einfach um, bekam sofort
schreckliche Zuckungen am ganzen Körper.
Wie ein Epileptiker.
Er umklammerte mich mit seinen Armen
und rief meinen Namen,
schrie »Homer!«.
Ich konnte ihn hören,
wie er mich rief,

als wäre er weit, weit weg,
und obwohl ich mich zuckend wand, zitterte,
als würde Strom durch mich fließen,
zerrte ich mich irgendwie selbst von dort
nach dort, wo er meinen Namen rief,
und, wie immer, gehorchte ich und folgte seinem Befehl.

Wir fuhren neunzig Meilen die Stunde,
vierzig Meilen waren es bis in die Stadt, bis zur Notaufnahme,
mit der ich mittlerweile sehr vertraut war.
Ann ließen wir auf der Veranda, wo sie sich sonnte
ganz für sich. Und wie sie sich in der Sonne aalte!

Ich zitterte und bebte und wand mich die ganze Fahrt über.
Ich überschwemmte den Truck mit Eau de Terpentin,
so dass seine Augen tränten, aber er weinte sowieso,
weil er so was Böses mit mir gemacht hatte,
ohne es böse zu meinen. Dabei hat Homer, der Häuptling,
der Alphahund, niemals auch nur einen Wurm gehabt!

Wir rannten und wurden niemals müde, den ganzen Tag
bis in den Abend. Nachts murmelten uns die Klagen
der Murmeltier-Witwen in den Schlaf.
All diese Dinge sind das Leben.
All diese Dinge sind Geschenke, die er uns gab,
und auch wir beschenkten ihn mit uns.
Um all das zu begreifen, um zu sehen, lebten wir.

Er vermisste die Berge.
Seine Geschichten begannen sich zu wiederholen
und füllten sich allmählich mit grünen, gelben, braunen Mississippi-
Farben,
aber sein Herz und sein Körper und das, was sie Seele nennen,
sehnte sich nach eisigen weißen und blauen Höhen.
Es wird gesagt, Hunde seien farbenblind,
aber wir können die Farben fühlen, wie Laub, wie Hitze,
wie einen kühlen Lufthauch oder wie einen warmen Duft.

Er fuhr nach Norden, zusammen mit Elizabeth,
zusammen mit uns, um nach diesen Farben zu suchen.
Den ganzen Sommer tingelten wir durch den Westen,
wo er aufs College ging,
lange bevor wir geboren wurden.
Lange bevor er uns kannte oder es sich jemals träumen ließ,
gleich zwei Hunde zu haben,
die sein Leben so verändern würden,
aber jeden Tag können sich die Dinge ändern, kann dein Leben
in einer anderen Richtung verlaufen.
Hunde wissen das.
Der beste Weg, wie du damit umgehen kannst, ist,
einfach tief durchzuatmen und den Dingen ihren Lauf zu lassen;
die Vergänglichkeit, die Zeit
wird auch über dich hinweggehen, als würde sie sich gar nicht für
dich interessieren,
obwohl irgendetwas immer interessant oder aufregend ist.
So denken wir Hunde.
Wenn er uns so anblickt manchmal, denke ich, er wünschte,
wir wären wieder ganz jung;
und dass es nur eine Einbildung ist,
dass wir ein wenig träge geworden sind:
dass wir zu viel Zeit verschwendet haben und
zu wenig Zeit miteinander verbracht;
und dass es nur eine Einbildung ist,
dass alles so schnell vorüberzieht.
Aber die Wahrheit ist, dass wir einfach alt werden. Und müde.
Unser Haarkleid glänzt nicht mehr so wie früher.
Wir sind etwas fülliger um die Knochen,
wir schnarchen.
Er geht täglich mit uns raus,
will die Jugend uns zurückholen.

Aber diese Geschichte erzählt noch nichts über heute, was und wo wir sind.
Das ist nur *ein* Tag aus unserer langen Geschichte,
und alle diese Tage, die vorm *Heute* kamen …
Es ist wie Sand in einer Uhr,

und selbst das Heute wird eines Tages ein kleiner Teil des Ganzen sein.
Jeder Hund wird alt. Das ist nichts Weltbewegendes.
Aber jener Hund, den wir zurückließen am Straßenrand –
unsere Schwester –, sie wurde nicht alt,
doch ich glaube, dass unsere Tage auch ihre sind.

Stinktiere, wir haben Stinktiere aufgestöbert
drüben in Texas. Sogar ein Gürteltier haben wir erwischt,
sind ihm bis in seinen Bau gefolgt,
tunnelten uns quer durch, stießen Erdfontänen aus.
Ich geb's zu, wir haben es nur *fast* erwischt –
so wie wir *beinahe* Hasen gefangen hätten
und um ein Haar auch Eichhörnchen.
Eigentlich haben wir nie was gefangen,
obwohl es ganz oft schien, als hätten wir
die Biester schon am Schwanz.
Wir waren wohl für Größeres bestimmt,
aber wir waren eben Hunde, unser Leben lang.

II

Plötzlich wussten sie,
dass es hier war, wo sie leben wollten,
als wir durch die dunklen Wälder fuhren
und dann über die blauen Berge hinweg
und das grüne Tal entdeckten,
durch das ein klarer Fluss rauschte, reißend schnell,
aber an manchen Stellen war das Wasser an den Ufern ruhig.
Und die beiden alten Farben waren auch da,
das Grün in den Wiesen und viele gelbe Blumen –
Tausendschönchen und Lilien und sogar Sonnenblumen –,
und weit und hoch streckten sich die blauen Berge über uns,
dunkelblaue, geheimnisvolle Wälder, selbst die Gebirgshühner
schimmerten
blau, und ganz oben im Dunst die eisigen Rücken der Gletscher.

Er schaffte es irgendwie, einen Job als Aufseher und eine leer stehende
Jagdhütte zu bekommen. Dort hingen die gehörnten Köpfe
gefährlicher Viecher
an den Wänden, die unseren Atem schneller rasseln ließen,
obwohl wir ja wussten, dass sie tot waren.
Schließlich fuhren wir ein letztes Mal zurück nach Mississippi. Der
Spätsommer hatte begonnen.
Die Jagdhütte, in der wir leben würden,
war riesig, wie eine alte Burg. Im Winter würde es sicher kalt sein dort.
Wir verabschiedeten uns von den Freunden in Mississippi:
unserem Zuhause, unserer alten Heimat.

Er lieh sich einen großen gelben Truck
und packte an einem Sonntag alles dort hinein,
und dann fuhren wir auch schon.
Wir schliefen auf dem breiten Sitz neben ihm.
Der Truck rumpelte,
und das Rumpeln vibrierte in unseren Bäuchen.
Es war ein sehr starker Truck,
der uns sicher in unser neues Leben brachte.

So sind unsere Jahre vergangen, bevor wir nach Montana kamen.
Unser drittes, viertes, fünftes,
sechstes, siebtes, achtes und jetzt
unser neuntes. Man (und hund) kann sie nur einmal durchleben,
sie kommen nie wieder zurück.
In einigen Jahren haben wir nur gedöst,
aber in anderen erklommen wir die Gipfel steiler Berge.
Wir hatten einiges zu lernen in Montana, über Stachelschweine zum
Beispiel.
Wir mussten auch einiges über die Kojoten lernen.
Nämlich dass sie sich gar nicht um dich kümmern
elf Monate im Jahr, aber wenn ihre Kinder ganz frisch sind
im Mai und im Juni: Vorsicht!
Denn wenn du ihnen zu nahe kommst, solange ihre Kinder so klein sind,
fallen sie dich an, egal ob Tag ist oder Nacht, rachsüchtig, wenn sie
dich finden.

Sie haben mich böse erwischt im letzten Jahr. Vier von ihnen
nahmen mich hinter der Hütte in die Mangel, schlitzten mich auf
mit ihren Krallen, vom Schwanz bis zum Kinn. Sie hatten mich am Boden
und bearbeiteten meinen weichen Bauch,
als Ann wie eine Furie zwischen sie schoss; sie
gab alles:
bereit, mit mir zu sterben und für mich.
Sie war wild, wurde rasend und verjagte sie.
Ich kroch nach Hause,
meine Innereien hingen unter mir im Dreck.
Ich lag auf der hinteren Veranda und wäre
beinahe verblutet, war sogar zu schwach, um zu winseln,
aber irgendwie habe ich es bis zur Tür geschafft.
Ann winselte für mich, und Ann weinte um mich.
Elizabeth hörte sie und kam raus.
Wir fuhren in die Stadt zum Arzt,
der gehörte schon fast zu meiner Familie.
Er säuberte mich, flickte mich wieder zusammen.
Es hat Wochen gedauert, aber ich wurde wieder und überlebte.
Ich bin doch Alpha und Homer
und da, um die Welt zu begreifen,
die auch für mich erschaffen wurde –
und das hieß, quer durch sie hindurchzuwandern.
Nicht für immer und ewig, aber doch für ein paar Jahre.
Für ein paar gute, vielleicht glückliche Jahre; und ich möchte sie
nicht missen.

Eigentlich war es ja als Witz gedacht,
dass man nicht im Winter sterben soll, weil
dann der Boden zu hart gefroren ist.
Aber jetzt ist es kein Witz.
Vielleicht haben wir noch einige wenige Jahre,
und es werden sicher nicht die besten werden,
aber ich habe nichts dagegen, noch etwas zu dämmern.
Es war der erste Winter,
in dem wir diesen Ausdruck in seinem Gesicht sahen,
als er begriff, dass, wenn wir jetzt gehen würden,

es fast unmöglich wäre, uns ein Grab zu bereiten in der harten Erde.
Dabei war das immer nur ein Witz gewesen.
Ich glaube, er wollte einfach nicht begreifen,
dass auch Hunde alt werden.

Sie haben eine Tochter inzwischen. Die liebt uns,
genauso wie er und Elizabeth uns einst liebten
und so wie wir sie immer noch lieben,
so wie wir sie alle drei jetzt *lieben*.
Wenn ein Hund das Recht hat, *ein* Wort ständig zu benutzen,
dann ist es dieses.
Die Menschen legen sich mächtig ins Zeug, um die *Liebe* der Hunde
mit Worten wie *Treue*, *Ergebenheit* oder sogar *Gehorsam* kleinzureden,
aber es ist Liebe.
Wir dösen jetzt lange in der warmen Sonne am Berg,
versuchen es zumindest, während das Baby an unseren Ohren zieht,
uns mit Laub und Gras und Schmutz bedeckt,
über unsere Rippen kriecht, nur um uns müde grunzen zu hören.

Wir gehen gemeinsam spazieren, jeden Tag, wir fünf.
Er pflanzt Bäume. Beide tun sie das bei verschiedenen
Anlässen:
Geburtsbäume, Geburtstagsbäume, Jubiläumsbäume –
Ahorn, Apfel, Kirsche, Esche und Flieder;
Lerche, Ponderosa-Kiefer, Rottanne und Zeder.
Wenn wir wandern, erzählt er Elizabeth, dass ihre Tochter,
wenn sie einmal dreißig Jahre alt ist, an diesen Bäumen stehen wird,
die sie für sie gepflanzt haben, und dass *er* dann fünfundsechzig ist.
Wie sie dann wohl auf diese Bäume schauen wird, wissend, dass sie für sie
gepflanzt wurden vor langer Zeit. Wie groß sie dann wohl sein
werden?
Er schreitet von Baum zu Baum und blickt nach oben.

Wir werden schon dreißig Jahre nicht mehr hier sein in der Zeit,
von der er spricht, und er verlegt seine Gedanken in die Zukunft,
und manchmal,
wenn er so hin und her läuft zwischen den Bäumen, vergisst er,

zu uns herunterzuschauen, schaut nur nach oben, nur nach vorn.
Wenn wir tief schlafen, träume ich, ich hätte auch einen
Baum,
und ich wünschte, dass Annie auch einen hätte.
So könnten wir immer beisammen sein
auf einem der Hügel, auf die wir immer stiegen.
Aber mein Baum ist größer, denn ich habe *ihn* mehr geliebt.
Er hat Ann zwar zuerst in seine Arme genommen, aber er ist
zurückgekommen
zu mir.

ENDE

– *Homer Bass*

Schäfer. Ein Hund

Zwei. So, wie es sein soll. Wir sind zu zweit.
Das ist Natur auf dieser Welt, deiner, meiner.
Ich senke den Kopf tief auf den Boden,
schnüffle, folge einer Spur, erfüllt.
Wittere alle Schichten der Luft, den nächtlichen Regen.
Knurre leises Grummeln, höre Unsichtbares,
werfe meinen Kopf dann in den Nacken, heule zum strahlenden
Mond.
Und ich, das ist Natur, führe dich.
Denn du siehst nichts in der Dunkelheit.

– *Rambo*

Das Leben ist ein langer ruhiger Fluss

(Sadie Louise)

Mein Mädel holte mich zwei Wochen nach dem *Schweigen*
der Lämmer zu sich. Sie wollte einen richtigen Beschützer, aber
nun erzählt sie allen Leuten, mit mir
wär's so, als würde
Julia Roberts
auf Clint Eastwood machen.
Aber sie weiß, Pretty Woman würde für sie und ihren Jungen töten,
und das ist ein kleiner Herzensbrecher.
Die Leute auf der Straße bleiben stehen,
wenn wir drei spazieren gehen.
Sie nennt ihn ihren kleinen Kavalier, Rhett Butler, made in
Hollywood …

Dann gibt's da noch eine Katze.
Aber die ist völlig neben der Spur …

Und dann gibt's da noch zwei tolle Vögel, ein Geburtstagsgeschenk,
na ja.
Der kleine Kavalier hat sie Haddis und Paddis genannt.
Haddis ist ein Vogelmann.
Haddis hat's vor kurzem erwischt.
Keine Spuren war'n zu sehen, aber
wie ich schon sagte,
die Katze ist völlig neben der Spur.

Wir drei haben zusammen geweint.
Die Witwe Paddis betäubte ihren Kummer mit
doppelten Doppelkörnern und weinte unterirdisch, wie der Vogel
Strauß.
Lange haben wir versucht, ihren Mann wiederzubeleben.
Das hat jedoch nicht geklappt, also haben wir ihr einen neuen
gekauft.

Rhett Butler hat ihn Felipe genannt. Da gab's mal einen Felipe, der spielte
für die Giants, drüben in New York, er war einer der berühmten Alou-Brüder.
Mein Mädel liebt nämlich Baseball.
Und der kleine Kavalier liebt mich …

Er kann noch nicht mal das »L« aussprechen, er sagt »wecker«
statt »lecker« und »wustig« statt »lustig«,
»wieb« statt »lieb«.
Und Fowipie nennt er Felipe.
Meinen Namen ruft er Sadie Duwiesi Duwusie.
Er wird fünf
bald schon.
So wie ich.

Ich war dabei, als Felipe sich einzuleben begann.
Er hat mit der lustigen Witwe ein Lied angestimmt,
da kannte er sie erst wenige Stunden.
Mein Mädel hat ihn zu ihr in den goldenen Käfig gesteckt.
Sie zwitscherten »Hallo! Hallo, wie geht's denn so?« und
hatten dann Sex. Ein paar Federn schwebten durch das Gitter,
dann saßen sie erschöpft zusammen.
Erst Nachspiel,
dann ein Zigarettchen.

Ich war dabei, als die beste Freundin von meinem Frauchen
starb im letzten Jahr.
Unser Junge sagte: »Sie ist jetzt bei Gott, und der ist ein Doktor«,
und mein Frauchen weinte.

Der Junge sagt: »Trinker trinken, weil ihnen Jesus so fehlt.«
Mein Mädel hat nämlich getrunken. Ich würde sagen: gelegentlich häufig.
Sie nimmt mich überall
mit hin, wohin sie auch geht,
wir laufen oder fahren.

Ganz oft hocke ich auf'm Rücksitz, und sie
muss sich ganz schön sputen, um das viele Futter einzukaufen,
bevor unser Junge nach Hause kommt – als wäre er ein Kaiser, der
von großen Eroberungen heimkehrt –, und dann vergisst sie mich im
Auto
und denkt erst spät, sehr spät an mich.
Ich nehme mir jedes Mal vor, nicht zu klagen,
weil sie doch meine gute Beste ist und
weil so viel passiert in ihrem Leben.
Doc God weiß,
dass sie das beste Gute daraus macht,
aber
manchmal, wenn sie Jesus vermisst, wünsche ich mir,
sie würde die blöde Karre stehen lassen …

Und sie vermisst auch ihren Freund.
Sie hat nur noch den Jungen (und mich natürlich).

Manchmal schläft er ein beim Spielen, und ich bin ein weiches
Kissen,
und auch die verrückte Mieze
Katze
pennt mit uns zusammen ein.
Die Vögel singen im Käfig. Mein Mädel seufzt, doch dann schaut sie
zu uns rüber
und lächelt wieder.

–Sadie Louise

Theologie

Fleas Hymne

Alles – alles braun und schön,
Alles – alles braun und klein,
Alles braun und ganz verschieden –
Gottvater Hund hat es erschaffen.

– Flea

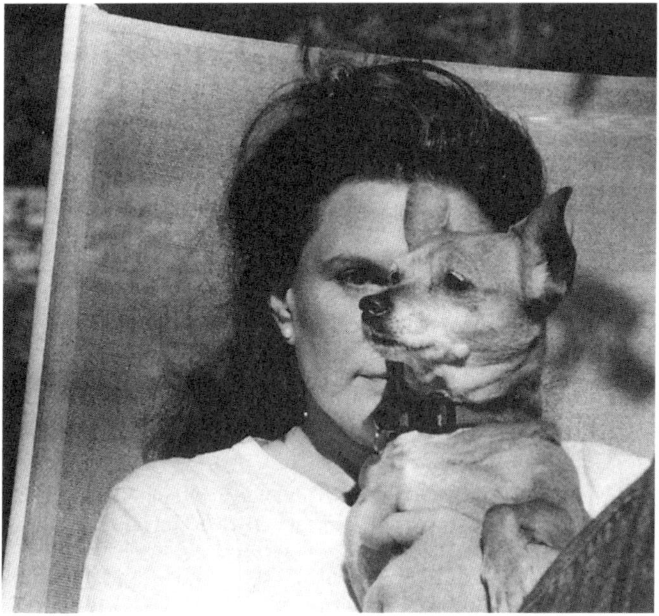

Wie man's durchsteht

Der Herbst kommt kühl in diesen Tagen. Der Wind
am Abend riecht nach Wegen, die noch bewandert werden müssen,
und das Laub in den Bäumen auf dem Rasen rauscht
unruhig uns ums Herz und bewegt uns, raschelnd die Blätter
der Sehnsucht, davonzufahren und immer weiter fort.
Ein Mann und ein Hund stehen vor wichtigen Schritten.
Der Hund meint: Lass uns runter in die Stadt gehen, um uns so
richtig zuzulöten.
Und lass uns unterwegs jede leere Bierdose hemmungslos zertanzen.
So reagiert ein Hund auf Wechsel und Veränderung in der Natur.
Doch der Mann sieht den Anfang und das Ende der Jahreszeiten in
einem anderen,
fahleren Licht, er fühlt die Last der langen Jahre, Erinnerungen,
die im Sommer noch fern und fließend waren, sind jetzt so nah und
groß und gegenwärtig, und manchmal scheint es ihm, er sieht
bekannte, doch längst verschwundene Gesichter in den dunklen
Bäumen.
Der Hund meint: Lass uns paar Mädels angraben und ihnen
die Klamotten vom Leib reißen. Lass uns Löcher buddeln überall.
Der Mann sieht Wolken wie Nebelschwaden treiben überm Haus,
den Mond berühren Licht und Schatten wie in einem Film.
Ein Film, denkt er, in dem ein Mann einsam auf die Reise geht.
Er schaut die Straße hinunter, die Hügel am Rande der Stadt, und
er weiß: Dort ist die Gabelung, wo die Straße nach Norden führt.
Fast kann er's fühlen, wie er im Auto sitzt und fährt, und riecht
den staubigen Geruch der Autoheizung, die er das letzte Mal benutzte
im vergangenen Winter. Der Hund meint: Lass uns ins Restaurant
gehen
und Füße schnüffeln unter den Tischen. Lass uns in Riesen-Burger
kriechen.
Der Mann blickt auf den Mittelstreifen, die Straße ist dunkel und leer.
Große Kiefern an den Straßenrändern neigen ihre Zweige, und die
Augen
fremder Tiere glühen auf im Scheinwerferlicht, bewegungsloses
Starren, wie kleine Warnlichter in der Nacht.

Nur selten begegnet er einem Truck, und dann bebt und zittert sein
Auto.
Der Hund meint: Lass uns pennen gehen. Lass uns am Feuer ruhen
und unsre Pfoten über unsere Nasen legen.
Doch der Mann will die ganze Nacht lang fahren, will eine Grenze
nach der anderen passieren, fahren und nicht anhalten,
bis er die Sonne in seinem Rückspiegel aufgehen sieht.
Erst dann wird er an den Seitenstreifen fahren und kurz rasten, bevor
es weitergeht, und in der Dämmerung steht er auf dem Gipfel
eines Berges, unter ihm ein Tal, dort ruhn in tausendfachem Leuchten
die Lichter einer Stadt, wie er sie noch nie gesehen hat.
Aber der Hund meint: Lass uns wieder reingehen, lass uns
gar nix machen, nur ein bisschen gammeln in der Nacht. Und so
trotten sie zurück ins Haus, Schritt für Schritt Bekanntes.
Wie ist das nur möglich, nach so viel sich zu sehnen
und doch auch irgendwie nach *nichts*? Der Mann ist müde
und würde am liebsten seinen Kopf gegen die Wand rammen,
wieder und wieder gegen die Wand. Warum nur ist alles so schwierig?
Doch der Hund meint: Lass uns noch 'n Sandwich machen.
Lass uns das größte Sandwich machen, das es jemals gab!
So machen sie sich an die Arbeit, und als die Frau
des Mannes nach Hause kommt, sitzt er in der Küche und starrt
ins Licht des geöffneten Kühlschranks, als würde es ihm Antwort geben
auf solche Fragen wie: Warum muss man am Morgen aufstehen, und wie
ist es nur möglich, nachts zu schlafen?
Und was als Nächstes kommt und wie man's durchsteht.

Das hin- und hergerissene Ich

Das ist so eine Sache mit den Namen
im Hunde-Reich. Fido, das Über-Hündchen, ist tot,
da überkommt den Unter-Hund das fidele Jubeln.

Nun ist der Unter-Hund nicht grad 'n
harter Kerl. Riecht gut, ist aber winzig.
Er holt sich sein Fressen an Hintertüren,
sortiert mit religiösem Eifer seine Hundeflocken,
selbst seine Geburtstagsgarderobe
ist feinstes Fell; du wirst niemals
ein anderer, besserer Hund sein, bellt er zurück, ich
bin ein altmodischer Boy. Ich

werde im bewussten Unterhaus auf seine Ankunft warten,
im unterbelichteten Über lass ich keinen rüber!
Und was *ich* mit zu Hause meine, ist was richtig
Aufgehübschtes! Dort krieg ich
zarte rosa Leckerlis für Damen, frisch aus der Mikrowelle
(*er* zwingt mir manchmal gegrillte Schweinetatzen rein oder Hot-
    Men's Zwiebel-Hotfrogs).
Ich habe den Boden blitzblank geleckt, damit du auf Abstand bleibst.
Unter-Hund oder Über-Hündchen ...
Mal so ein bisschen, mal hier ein Stündchen.
Ich habe beinahe vergessen, dass da noch ein andrer
Typ an mir zerrt (wer nu, wie nu, is' doch alles prächtig!?).
Herrchen, weißt du, was ich am meisten vermisse?
Dein hässliches Tattoo, dein Hals-Gefummle und Gewürge.

Für dich sind wir doch nur Fidos oder Vagabunden,
nicht viel dazwischen. KOMM geh KOMM geh lieb bist böse!

Zum Glück ist unser Star keine Karikatur eines
starken Mannes. Wir glauben an Sirius, das Doppel-
Stern-System des Großen Hundes, und auf ihn
werde ich warten. Er wird mich nicht
bei meinem Menschennamen rufen. Er wird

ein Bein auf den Polarstern wuchten, er wird
die Knochensprache sprechen und mich begeistern
und meine Seele grade biegen, er wird das feuchte
Fleisch beschnüffeln. Er kennt die süßesten Gerüche
der Schattenseite. Aber am Ende,

weil er nicht lügen *kann*,

wird er mein Ich und Mich wieder wechseln,
vom Miststück zur Lady.

Max' große Rede über die hündischen Tempel des Buddha

(EINFÜHRUNG)

Alle Großen, also die erwachsenen Hunde, die ich kenne, halten es mit Buddhas Lehre. Wir Welpen, wir Hündchen und Rüpel, sind in unserem irdischen Toben viel zu wild, zu meditieren, zu begreifen unsrer Jugend Ungeduld, und haben keine autogene Zunge, die Fliesen stundenlang zu polieren, entdecken keinen Wasserfall, der uns die Ruhe gibt, in diesen endlos langen Fluren, die der riesige Mudda-Buddha einst für die Ewigkeit erschuf – das erzählen jedenfalls die Großen. Doch sind wir stubenrein dann irgendwann, beginnen wir ziemlich schnell, uns so zu sehen:

»Großer dunkler Himmel in der Nacht. In sich ruhend. Allumspannend. Auch wenn der Donner grollt in all seiner Kraft und Blitze seine Grenzen zerschneiden, wir sind endlose, alles vergebende, undurchdringliche Gelassenheit und Ruhe.«

– *Max*

Gretas Song

Ich will
immer lieb und freundlich sein.
Und wenn die kleine alte Frau von nebenan »Sitz« ruft
zu ihrem alten kleinen Hund, setz ich mich auch
für ein Weilchen. Dann spring ich wieder Richtung Himmel,
jage Vögel und meinen eignen Schwanz, es scheint so einfach,
ich bin einfach ein glücklicher Hund.
Und ich jaule froh mir meine eignen Lieder.
So wenig braucht's, um froh voll Glück zu sein –
ist das denn wirklich schwer für euch zu greifen –:
ein wenig Liebe, viel Freundlichkeit, Zuneigung
und einen schönen Garten, wo ich sein kann, wie ich bin.
Ich liebe meinen Garten, meinen Sonnenhof, grün, ein schönes
Wort, auf dem ich kaue, Stöckchen, und ich schaue zu den Bienen,
wirble dann durch Blumen, blau, und Himmel.
Nur ab und an vergrab ich ganz besondre Dinge –
meinen toten Freund, den Igel, die drei leeren Büchsen Bier –
unter Blumen und Sträuchern, damit ich mich erinnern kann.
So wie sie drinnen manchmal Taschen packen mit ihrem Kram,
versteckt, beerdigt unterm Bett, und mich beruhigen
und so was sagen wie »Sorg dich nicht, Greta, alles ist gut«,
wenn Türen laut schlagen im Haus
und jemand weint, ich hör es doch in meinem Garten,
und ganz genau weiß man's doch niemals nicht, nicht wahr?
Aber ich bin ein glücklicher Hund.
Was soll ich ihnen sagen? … Ich schaue zu den Bienen und warte still.
Was meint und weint ihr Unglück? Ich denke,
wie viel Zeit ist bei ihnen vergangen, gemeinsam vergangen
in Hundejahren, in Menschenjahren, in *ihrem* Garten?

Greta

Er kommt

Ich hab mich aus dem Staub gemacht, um *ihm* zu entkommen (wir sprechen seinen Namen niemals aus; ältere Hunde nennen ihn den *Dogman*). Ich glitt und schwamm durchs tiefe Gras, drüben bei Jefferson City. Und die Elfen lüfteten ihre grünen Röcke und ließen mich drunterschlüpfen, und ich nährte meine Kräfte, dort zwischen ihren Beinen. Ich reiste in den Norden durch mein Ich, tief in mein eignes Rudel und durch flammende Eingeweide, und wurde wilder im Ursprung.

Er würde mitten in den Kreislauf meines Blutes greifen mit einem Schlag, und mein Kopf rotiert zurück über meine Schulter zu unserem Haus – wo bin ich? –, und ich sinke in den Schlamm unter den Stauden, die mein Feuerspeien zerteilt. Dann schlage ich einen Haken und wittere genau die Stelle, wo der *Dogman* die Brücke überquerte, meine Funken tropfen immer noch von seinen Händen. Eines Tages wird er ganz tief in mich gleiten, und sein Licht wird sich über alles ergießen, rote Haare überwuchern seinen Körper. Er springt mit meiner Schnauze von links nach rechts und kommt aus meinen Augen und überkommt ALLES.

Ich wanderte durch die Abwasserrohre, und auch dort suchte er mich.
Er wird tief in die Rudel eindringen, und sie werden sich um ihn scharen.
Die Leiber wird er ihnen blähen, ihre Rippen liegen in *Dogmans* Hand.
Ihre Herzen kommen aus ihren Ärschen raus, und der *Dogman* wirbelt sie durch seine Finger.
Er braucht viele. Und wenn *er* dann irgendwann mal genug hat –
zwei Deutsche Schäferhunde mit Katzenhaaren zwischen den Zähnen, ein Border-Collie,
zwei Huskys, ein Australischer Schäferhund –, dann wird der *Dogman* sie in einem großen
Fischernetz auswerfen in einem Fluss. Ich will nicht, dass er mich kriegt, um im Fluss
zu verwesen. Ich brach durch das dichte Gras wie eine Sternschnuppe mit Zähnen,
riss den besessenen Border-Collie zu Boden und stieg in seinen Körper.
Die ganze Meute
sammelte sich danach am Fluss, ein Feuerball aus Giftzähnen,
aber klaren Atem hatten die, die mich durchließen in sie,

und wir flogen weg und spuckten und tanzten und fielen ins Gras,
und der *Dogman* ließ seine Blicke über uns wandern.

Wir würden uns beschnüffeln danach und ihn umkreisen,
wenn er in uns schlüpfen will, in jeden von uns,
mit seinen öligen Fingern suchend, mit seinem fließenden Licht.
Er atmet schwer und tief in dem Ursprung unsrer Wildheit,
lockt und verführt sie herauszukommen.
O Jesus, du hättest hören sollen,
wie mein Herz in seinen Händen pumpte.

– *Charlie*

Beau: Ein Golden Retriever auf der Suche nach der bleiernen Zeit

Hol's dir! Bälle und Stöcke wecken meine Neugier
nur für ein paar Sekunden. Fang! Nee, keine Lust.
Denn: ein Hase, flatternde Flügel, ein Eichhörnchen, das –
was für ein Spaß! – jetzt schon Schiss hat. Schnüffeln! Dann

bin ich draußen. Wühle, suhle, grabe, suche
Spuren auf- und erregender toter Dinge. Und du?
Entweder gräbst du grübelnd im Vergangenen, die Hälfte unsres Wegs
denkst du an andre tote Dinge, die du niemals wiederfinden wirst,
oder du verirrst dich tief im Nebel, der noch dicht liegt über dem
neuen Tag. *Morgen* nennt ihr dieses Ungewisse. Und mein Job?
Dich zu befreien aus diesem leeren Fressnapf Zeit, ein WUFF und kein
WARUM, und deine Betrübnis werd' ich vertreiben, alter Freund.
Mein

schönstes Bellen klingt wie die Freiheitsglocke und sagt dir
immerzu: Wir sind WAU, wir sind WAU, wir sind WAU.
(Yes, we bell!)

– *Beau*

Namen

Na, dann leg mal los: Nenn mich Räuber, Pelzboy, Grauschnute.
Bettschmuser, Fellfresse, Schnörkelchen, Nasenmann.

Faulbär, Fressschwein, Wuschelfurz, mein Hundemann.

His Dogness, Pascha, Duudli oder Nuudli, Schwarzäug.
Wolfsblut, Mister Hund/Doktor Dog, Minky mein Stinky.
Schnaffel, Harald Huhndke, Seine Poheit, Grummler.

Bell Pacino, Boy Black, *Verfressen in alle Ewigkeit.*
Rammler, Piesler, Schnüffelfreak.
Schwanzwindmühle, Wedel-Flegel, Edelmädel.

Zu mir passt keiner dieser Namen. Such ruhig weiter ...

– *Zachary*

Memento Mori

Enttäuschung

Ich ging. Lang genug hab ich euch großgezogen. Ich trottete
die Einfahrt runter, vorbei am Briefkasten mit der kleinen roten Fahne,
und folgte der Route des Busses, der jeden Tag kam,
um dich und deinen Bruder abzuholen. Ihr habt wild gespielt mit mir,

lang ist's her. Ich wurde ein Opfer allergröbster Nachsicht,
als ich älter wurde, denn vor einem ergrauten Opa hat man Respekt –
Weihnachten gab's schön verpackte *Seniorbrocken* und eine Tafel über meinem Korb:
»Betreten verboten. Eigentum von Jolly Dog«.

Da kack ich drauf! Solch schonende Behandlung ist verletzend
für einen harten Burschen, der ohne Furcht durchs tiefste Dickicht brach,
jeden noch so weit geworfnen Knüppel holte oder an der Leine
hinterm Boot herschwamm, wenn ihr es mal schafftet, sie mir anzulegen.

Ihr habt's oft geschafft. Weil ich's nie auf die harte Tour durchzog,
bis ihr anfingt mit der weichen Tour. Da ging ich.

– Jolly Dog

Hingabe (Reqiuem of a Dog)

Du gingst. Am Abend wird es immer leerer hier im Park.
Immer weniger Fahrräder lehnen an den Bäumen,
immer weniger Menschen, die mir Essen geben könnten,
immer weniger fröhliche Stimmen und kaum noch Hände,
die mich hinter meinen Ohren kraulen, über meinen Rücken
 streicheln
oder meinen Hals so drücken, dass mir die Luft wegbleibt.
Und es gibt nicht wenige, die haben Katzen viel lieber.

Es war einmal, und auch woanders, dass du von Liebe ... Eine Lüge.
Du gingst, nicht ich, mit einer kleinen Reisetasche.
Ich rannte jedem Auto hinterher. Bellte am Ende
der Einbahnstraße. Ich konnte doch nur herumirren. Ohne dich
spür ich im Schmerz unsre Verbindung, die einfach nicht reißen will.
Und wenn der letzte Schnapsbruder traumlos schläft an meiner
 weichen Flanke,
gehe *ich*, trotte dorthin, wohin verlassne Hunde einsam trotten
 und wo sie traumlos ewig schlafen.

– *Jason*

Jagdunglück

Ich hörte, wie du draußen an der Straße parktest.
Dein Pfeifen lockte mich, deine
Spuren machten mich ganz unruhig, leise Worte
aus der Ferne, und ich schlüpfte durch die Gitter.
Wald, Wildschweine, Babyfledermäuse, Hirsche,
geheimnisvolle Tunnel in der Erde, Hasen.
Ich kann weit hören, sogar die Gänse
an der alten Mühle, wie sie Grillen fangen.
Nicht weit von dort hast du deine Jacke
ausgebreitet, isst aus einer Dose,
und deine schwere Hand dann ...
Später bedeckt sie plötzlich meine Augen.

Blut in meinem Mund.
Ich habe es schon oft gewittert,
es gerochen, nie an mir,
warm noch manchmal, zwischen Zweigen.
Warum schüttelst du mich jetzt, wiegst mich
in deinen Armen, klagst leise wie ein Vogel?

– *Caneli*

Was Gus flüstert

Ich war der Letzte der Mohikaner,
edle Rasse aus der wilden Natur, kraftvoll und mit Herz!
Keiner von diesen schmalbrüstigen Vorzeigehunden,
Zwanzig-Kilo-Disney-Dalmatiner.
Ich galoppierte mit den Pferden, meinen Freunden,

durch reißende Flüsse, vom Wasser umspült
die Schultern, so kraulte ich, beingewaltig
mit der Herde, gab mal das Tempo vor
und konnte immer folgen! Kilometer-meilenweit!
Ihr Schweiß auf meinem Fell und mein Geruch in ihrem Schweiß.

Voller Freude fraß ich ihre Äpfel,
es störte mich nicht, vegetarisch zu leben,
und schmackhaft ihre Kräfte in mir wurden meine Kraft.
Bei einer sexy dunklen, weichen Stute schlief ich,
rieb zärtlich knurrend mich an ihrer Flanke.

Mein Kopf lag warm in ihren braunen Lenden,
wir ruhten tief, und schnarchten innig ineinander,
und unsre Ohren rieben und berührten sich und dröhnten auch von
unsern Fürzen.
In ihrem Stall war ich zu Hause, bis ihr Bauch … und immer
dicker …
bis dann das Fohlen … Grausam setzte sie mich vor die Tür.

Auf und nieder immer wieder in der Liebe irrt' ich mich,
und bin einsam nun, als wäre ich ein Stinktier, ausgestoßen von der
Liebsten.
Und wenn nun ich der Vater bin?, suhlte ich mein
Schmerzbekenntnis
tief in den bittren Äpfeln, mein Herz von Hufen malträtiert.

Meine Seele dröhnt von Unglücksfürzen,
mein Körper biegt sich wie ein Birkenstamm, ein brennend Feuer
verbrennt nun all die Frühlingsknospen.
Und ich lieg weinend und trauernd im Gras der Prärie.
Als schwinge die Sense über mich hinweg, höre ich sie,

meine Freunde, die Pferde, die durch den Regen fliegen
ohne mich, durch diesen warmen Sommerregen.

— *Caesar Augustus*

Das Spiel

Alle Lastwagen kommen aus der Hölle und verdienten wilde
Bissattacken,
alle Kinder sind wie Schafe und sollten nicht nach draußen gehen.
Bevor ich kam und wachte, war das Haus wie aus Papier;
der Alte rief und pfiff, und keiner hörte,
und riesige Lastwagen rollten donnernd vorbei.

Wenn unser Junge vor die Tür ging, den Ball in der Hand,
ging ich mit, um zu trainieren. Er hat mir das beigebracht.
»Hey, Trainer!«, rief er. »Los! Los!«, und ich rief zurück:
»Wuff!«
Bis das Spiel begann. »Hier, du Ass! Hol's dir, fang ihn, Trainer!«
Und ich rannte raus und rannte rüber und zurück und holte
Ball um Ball. Nur die Lastwagen, die direkt aus der Hölle kamen,
unterbrachen unsre Übungsstunden.

Mit Schwung geworfene Dinge aus der Luft zu schnappen war mein
Spezialgebiet.
Jeder Stock und jeder Ball und jedes Frisbee hat seine eigene
Flugbahn.
Und jedes Kommando in Sport und Spiel seine eigene tiefe
Bedeutung.
Bring, hopp! Und ab! Bei Fuß! Gib Laut! Mach Platz! Aber aus! ...
Und alle Namen aus unserem Team, der Junge, das Mädchen, die
Freunde,
vergaß ich nie und hielt sie immer auseinander. Technik und Taktik
und Strategie
zwölf Jahre lang, und auf vier verschiedene Arten nahm ich alles wahr
von diesem großen Spiel: mit Nase, Ohren, Augen und noch 'nem
andern Teil.

Aber als mein Fell dünner wurde, meine Beine steif und ich
kaum noch was hörte, wurde ich praktisch, beendete die sportliche
Karriere,
humpelte weise weg, wenn der Stock auf den Boden schlug.

Und dann gingen die Spieler, als die Stöcke und Bälle liegen blieben.
Und als der Alte schon längst nicht mehr pfiff, war sein Pfeifen noch
in meinem Ohr.
Und als dann alle Geräusche ganz verstummten, schnüffelte ich müde
blinzelnd
und schaute den Lastwagen hinterher, die aus der Hölle kommen
und jetzt still am Haus vorüberrollten. Beißen möcht' ich sie noch
immer,
und am Ende kriegte ich einen und ließ ihn nicht mehr los.

– *Morgan*

Samantha

Sie waren nicht bei mir,
als ich weggebracht wurde, um zu sterben.
Sie waren in Spanien, weit hinterm Ozean.

Sie lagen in einem Bett in Granada,
das Telefon zwischen ihren Köpfen.
Und sie weinten, als sie es erfuhren,
weinten in die weiße Plastikmuschel.

Ich spürte, wie sehr.

Sie legten mich
in ein Bett aus Eis, tief schlief ich
gefroren und wartete auf sie.

Dann gruben sie ein Loch für mich
(er und sein bester Freund gruben es für mich)
auf dem Hügel am Ozean,
wo all die anderen schlafen:
Poochie, Jennifer, Harry, Andrew, Jane
und sogar die Katzen
Cunnegonde, Sarah, Leslie, Dorothy, Jake.

Sie gruben lange und legten mich hinein.
Die gute Diane, die Schüsseln und Tassen im Ofen baut,
buk Kuchen aus Lehm für mich
und gab sie mir als letztes Fresspaket.
(Very ägyptisch für einen Irischen Wolfshund
– aber sehr lieb von ihr.)

Ich bin sehr gerne hier bei den anderen,
auf dem Hügel, am Ozean,
besonders bei Andrew, besonders bei Jake.

Ich frage mich manchmal –

wenn die Zeit kommt
für die, die mich neben meine Freunde gebettet haben,
für die gute Diane, für die Gräber:
Wird man sie auch hierher bringen?
Auf den Hügel? Am Ozean? Zu uns?

Ich wünsche es mir.

Als ich starb. Als ich flog

Es tat mir weh, dich so zu sehen. Voll Trauer
stupste ich mit meiner Nase an dein Gesicht,
während du meinen Namen riefst und dann
still weintest.
Aber du spürtest mich nicht mehr.

Es ist seltsam, sich selbst zu sehen,
mein Körper liegt im Gras. Und meine
Augen schmal geschlossen, zwei Striche Weiß, und
meine Ohren dunkle Dreiecke. Meine Läufe
lang und braun und matt glänzend

wie poliertes Holz. Ganz still das alles. Du
bist so verzweifelt, dass ich
Schmetterlinge zu dir schicke, vielleicht verstehst du,
Seele und Kommen und Gehen.
Und später kaufte Kim für dich

das Buch der Schmetterlinge, wie Edelsteine
die Flügel. Diese Farben, diese Muster
haben dich berührt, und du dachtest an mich.
Und Max nahm nur für mich die Tischdecke

mit den sieben Schmetterlingen, für mein Grab, die hast du
vor Jahren einst bestickt, da schlief ich unterm Tisch,
und Andy schnitzte einen Hund aus Holz, und
alle sehen, das bin ich, und lächeln.

Schmetterlinge, wie von dir gewebt in diesen Himmel,
rot-braun der eine dort, so wie mein Fell, wie Seide,
sagst du, und ich bin auch bei dir
in der Schlucht beim kleinen Bach,
sehe dich und spüre

deine Freude, deine Trauer, als du im Wasser
den Stein entdeckst, meinen Stein, und später
presst du deine Wange gegen die Worte,
die Kris dort hineinschnitt mit einem Strahl aus Sand.
BELL – die Schmetterlinge flüstern.

– *Bell*

Aus

Zwei Stimmen lehrten mich einige Worte,
von denen ich drei wirklich liebte.
Aus – ein Ort, den ich stets rasend schnell erreichen wollte.
Dirk – den musste ich allerdings mit einem Typen teilen, den ich
Nicht-Dirk nannte.
Chevy – ein kleines bewegliches Haus, das mich dorthin brachte, wo
ich alle Worte
vergaß und mein Urinstinkt erwachte und das Blut mir in den Ohren
dröhnte.

Aber ich muss los jetzt. Das ist mein Wunsch, aber seltsam,
dass sie mir diese Hoffnung gaben
auf jenes ferne Land mit Namen *Aus!*
so oft.
Dirk und der Typ, den ich *Nicht-Dirk* nannte.

Und manchmal sagte dieser Nicht-Dirk auch das Wort,
das ich am meisten liebte.
Chevy, sagte er.
Und in meinem Blut erwacht mein Urinstinkt.
Das prickelt, wie wenn kleine Nadeln von innen …
Und dann ruft er: *Aus*,
und mein Schwanz propellert, und ich stürme
vorwärts, in jenes *Aus*, und weiß und renne
ohne einen Blick zurück,
weiß, dass sie nicht riechen hoffen können,
was meine Nase berührt und mein Herz.
Dass sie nicht hören können, wer mich ruft
von dort und außer ihnen,
und ich kann nicht anders, muss dorthin.

– *Casey* (10. Mai 1981 bis 14. Juli 1994)

MERRY CHRISTMAS
FROM
DIRK, ANDY
AND CASEY
The
Future
in
Sound
and
Picture

Der unbekannte Hund

Was mache ich da nur, meine weißen Zähne entblößt
im geöffneten Maul, am Straßenrand, ich weiß es nicht;
und begreife auch nicht, warum ich im Rinnstein liege.
Der Freund der Toten Tiere könnte doch zurückkommen
mit seinem gespitzten Bleistift und seinem weißen Leichentuchpapier.
Zwei lange Stunden habe ich dort geheult,
mein Grabgesang, ich schrie und schreckte
alle Herzen mit meinem Fiepen, kurz bevor ich starb,
das eine Bein ganz steif nach oben ausgestreckt.
Das graue Haar an meinem Kinn kräuselt wie in Trauer sich
im Wind, mein geschundener Körper windet sich
in letzter Lebensgier. Der Freund der Toten Tiere
beugt sich zu mir herunter, um mich zu berühren. Seine Hand
zittert. Ich weiß
dass sein Mund offen steht, und seine Brille ist verrutscht.
Ich glaube, dass sogar sein Bleistift Schwierigkeiten hat,
den Geruch und den Anblick genau zu beschreiben.
Ich weiß, der Freund der Toten Tiere hat den hilflosen Blick
in seinen Augen, den der Tod hervorruft. Er denkt still. Ich möchte
so gerne, dass er meine Stirn berührt und meine kalte Schnauze
streichelt, bevor er mich hochhebt und in die kleine
Senke wirft. Ich wünsche mir, dass er nicht den Fuß nimmt,
aus Angst mich zu berühren. Ich kenne,
oder sagen wir, ich *kannte* einst das Gras dort unten; ich erinnere
mich an Hunderte Gerüche. Ich hoffe so, er behandelt mich nicht
wie einen toten Hund, nur ein kurzer Schubs, schnell
weg, die Gedanken sind frei, wieder andere Dinge, die er
erledigen kann, aber: ein großes Herz,
ein großes menschliches Herz, es liebt mich, und er hebt mich
vorsichtig an und gibt mir seine Tränen. Du großer guter Fremder
erinnerst dich ans Sterben andrer Hunde, verzeih mir mein
Kläffen, verzeih mir, dass ich mich besudele, lass Mitleid,
lass Erbarmen walten, davon ist nie genug. Ich habe mein Leben
dafür gegeben, Gefühle haben mich fertiggemacht, ach Freund
ach Guter …

Und schon hab ich meine verwahrloste Tarnung abgeworfen,
kleine Tricks, spiele toter Hund! Mit Schnauze, Schwanz und Fuß
ich windmühle wieder. Meine Zunge wie von einem Papagei, ich
bin ein ungezügelter Rappe, ich bin ein Löwe
und erwarte die Raubtierfütterung mit Leckerlis. Ich schnappe im Spaß
nach der Luft, so wie du's mich einstmals lehrtest, so geistreich,
in weit entfernter Einsamkeit.

Busters Besuch

Nun bin ich ein wirklich toter Hund;
nie wieder werde ich meine List
anwenden können, um Liebe
zu bekommen, und ich bekam sie,
obwohl ich nie so gut gehorchte
wie der strebsame Sundown
und wie es jeder gute Hund tun würde.
Den Sklaven zu spielen – und nicht einer zu sein –
war mein Geheimnis, denn
das Herrchen spielt nur einer.
Von meinem Grab im Hinterhof muss ich jetzt sehn,
dass ihr nicht viel Talent habt oder Herz.
Böser Hund, sagt ihr,
aber mit sooo wenig Überzeugung in der Stimme.
Nur Sekunden später tätschelt ihr meinen Kopf.
Verzeihen macht euch glücklich. Wenn ich den Müll
in der Wohnung verteilte, tat ich das nur,
damit ihr mir verzeihen konntet.
Glaubt mir, das ist kein Leben
tot zu sein. Ich würde alles dafür geben,
die Möwen wieder jagen zu konntet.
Doch der Geist kommt wohl erst, wenn der Körper geht.
Für was auch immer das gut sein soll …
Du solltest wissen – da du doch so viel weißt –,
dass nur das wahrhaft Gefühlte und wahrhaft Geschmeckte
erinnert wird.
In der kühlen, dunklen Erde öffnet sich keine Tür,
und keiner kommt zu dir nach Haus.

– *Buster*

HARRY
1981–1992
GESTORBEN AM 13. MÄRZ

Bleib

Ich war kein folgsamer Hund und hab auch nie gehört
auf kein Kommando, kein *Bei Fuß!*, bis zu jenem Tag im März.

– *Harry*

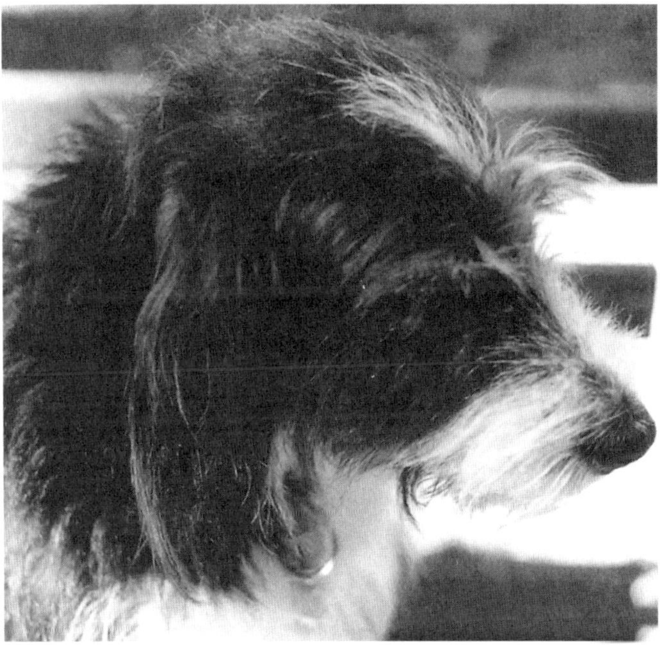

Eric Isselée/pixmac SEITE 15, 39, 95
Arnold Mesches SEITE 16
Kenneth Chen SEITE 17, 21, 20, 25, 31, 43, 51, 64, 67, 75, 99, 120, 136
Merrill Markoe SEITE 23
Josefa Mulaire SEITE 24
pixmac SEITE 27
Martha Baxter SEITE 28
Conny McGovern SEITE 33
Lucinda Johnson SEITE 35
Sidney Wade SEITE 41
Joan Ackerman SEITE 45
Palos Verdes Police Department SEITE 49
Geoff Winningham SEITE 53
E.J. Camp SEITE 55
Miriam Berkley SEITE 57, 93
biglama/pixmac SEITE 59, 125
Steve Bull SEITE 63
Kate Bernhardt SEITE 68
Brother Paul Diveny SEITE 81
Agamtb/pixmac SEITE 83
Inge Morath SEITE 100
Brian Conway SEITE 123
Kathryn Walker SEITE 127
Benjamin Weissman SEITE 132
sparkmom/pixmac SEITE 139
Judith Moyer SEITE 145
Don Steffy SEITE 153
Peter Feldstein SEITE 155
Susanna Sonnenberg SEITE 157